Maya Blake
El dulce sabor de la revancha

HARLEQUIN™

Editado por HARLEQUIN IBÉRICA, S.A.
Núñez de Balboa, 56
28001 Madrid

© 2014 Maya Blake
© 2015 Harlequin Ibérica, S.A.
El dulce sabor de la revancha, n.º 2374 - 11.3.15
Título original: What the Greek Wants Most
Publicada originalmente por Mills & Boon®, Ltd., Londres.

I.S.B.N.: 978-84-687-5536-6
Depósito legal: M-34150-2014
Editor responsable: Luis Pugni
Impresión en CPI (Barcelona)
Fecha impresion para Argentina: 7.9.15
Distribuidor exclusivo para España: LOGISTA
Distribuidor para México: CODIPLYRSA
Distribuidores para Argentina: Interior, DGP, S.A. Alvarado 2118.
Cap. Fed./Buenos Aires y Gran Buenos Aires, VACCARO HNOS.

A Suzanne Clarke, mi editora, por su perspicacia y su apoyo siempre incondicionales y esclarecedores.

Capítulo 1

THEO Pantelides frenó el Aston Martin negro delante del Grand Río Hotel. Llegaba tarde a la gala para recaudar fondos por culpa de otra llamada de su hermano Ari. La noche era pegajosa en Río de Janeiro. Se bajó y le entregó las llaves al aparcacoches, pero la sonrisa fue disipándose a medida que entraba en el deslumbrante hotel de cinco estrellas que sus anfitriones habían elegido para proyectar una idea falsa que lo engañara. Decidió seguir el juego por el momento. El momento adecuado para acabar con ese juego se presentaría solo, y pronto.

Una rubia elegantemente vestida y subida a unos tacones de vértigo se le acercó con una sonrisa muy femenina y elocuente.

–Buenas noches, señor Pantelides. Nos honra que haya podido venir.

–Faltaría más. Como invitado de honor, habría sido una desconsideración no venir, ¿no?

–Claro... –ella se rio–. La mayoría de los invitados ya ha llegado. Si necesita cualquier cosa, me llamo Carolina –añadió ella insinuantemente.

–*Obrigado* –replicó él en un portugués perfecto.

Había dedicado mucho tiempo a aprender el idioma, como había dedicado mucho tiempo a preparar los acontecimientos que iban a culminar muy pronto. Según lo planeado, no había posibilidad de fracaso. Iba a dirigirse hacia la puerta del salón de baile cuando se detuvo.

–Ha dicho que ya ha llegado la mayoría de los invitados, ¿sabe si ya está Benedicto da Costa y su familia?

La sonrisa de la rubia vaciló un poco y él supo por qué. La familia da Costa tenía cierta reputación, y Benedicto, en concreto, metía el miedo en el cuerpo de los hombres normales. Afortunadamente, él no era un hombre normal.

–Sí, toda la familia llegó hace media hora –contestó la rubia.

–Gracias, ha sido muy amable –replicó Theo con esa sonrisa que ocultaba las emociones que bullían dentro de él.

Estaba impaciente, como le pasaba siempre desde que supo que Benedicto da Costa era el hombre que buscaba. Llegar a saberlo había sido largo y complicado, pero era muy meticuloso. Por eso era el detector de problemas y el asesor de riesgos de Pantelides Inc., la empresa multinacional de la familia. No creía en el destino, pero tampoco podía olvidar que su profesión lo había llevado a Río y al hombre que, hacía doce años, había hecho añicos lo que quedaba de su maltrecha infancia. Todos sus instintos lo apremiaban para que se deshiciera de la capa de sofisticación y urbanidad y reclamara venganza en ese momento y lugar. Sin embargo, se acordó de la llamada de su hermano. Ari empezaba a sospechar de los motivos que tenía para seguir en Río. Aun así, ni Ari ni Sakis, sus hermanos mayores, se atreverían a detenerlo. Era dueño de su destino, aunque eso no significaba que Ari no intentara disuadirlo si sabía lo que estaba pasando. Su hermano mayor se tomaba muy en serio el papel de patriarca de la familia. Al fin y al cabo, había tenido que adoptarlo cuando la unidad familiar saltó por los aires después de que su padre los traicionara de la peor forma posible. Theo solo podía dar gracias a Dios porque Ari estaba provisionalmente distraído por la felicidad que había encontrado con su prometida, Perla, y la llegada de su hijo. No podría detenerlo, pero Ari era Ari. Dejó de pensar en su familia mientras se acercaba al salón de baile, tomó aliento e intentó relajarse.

Ella fue lo primero que vio cuando entró, y comprendió qué era lo que se había propuesto. La etiqueta para ese acto era solo blanco y negro, pero ella llevaba un vestido rojo que se ceñía provocativamente a su cuerpo. Era Inez da Costa, la hija menor de Benedicto, de veinticuatro años, seductora... Tuvo que contener el aliento al seguir con la mirada la curva de sus pechos, la delicada cintura y la redondez de sus caderas. Conocía al dedillo todos y cada uno de los datos de esa familia, e Inez da Costa no era mejor que su padre y su hermano, pero ella usaba su cuerpo y ellos empleaban la fuerza bruta, el soborno y los sicarios. No le extrañaba que otros hombres cayeran rendidos por esa figura voluptuosa, y ella la aprovechaba en beneficio propio. Clavó la mirada en sus caderas hasta que ella se movió para seguir una conversación como la consumada mundana de la alta sociedad que era. Se dio la vuelta para hablar con otro invitado y le mostró la curva de su trasero. Él soltó una maldición para sus adentros al notar la reacción de sus entrañas. Hacía tiempo que no tenía una aventura física, pero ese no era el momento para que se lo recordaran, ni ella era la mujer que elegiría.

Resopló para recuperar el equilibrio y empezó a bajar las escaleras con la certeza de que estaba donde tenía que estar. Si el desmedido afán por los excesos de Pietro da Costa no lo hubiese llevado a encargar uno de los superyates de Pantelides, que no podía permitirse, él no habría ido a Río hacía tres años para interesarse por la situación económica de los da Costa. No habría conocido la documentación financiera, cuidadosamente escondida, que se remontaba quince años atrás y llevaba directamente a Atenas y a las turbias actividades de su padre. No habría indagado más hasta descubrir las consecuencias de esas actividades para su familia y para él. Los recuerdos amenazaron con alterarlo hasta que perdiera el dominio de sí mismo, pero ya no era ese niño asustadizo que no podía ahuyentar los miedos y las pesadillas que lo perseguían. Había aprendido a aceptarlos y los había vencido, pero eso no quería decir que no estuviese decidido a que quienes le hicieron pasar por eso no fuesen a pagarlo con creces.

Dirigió la mirada hacia el rincón donde los mandamases de Río departían con Benedicto y su hijo y pensó en la estrategia. Pese al exterior refinado que intentaba transmitir con el traje hecho a medida y el pelo muy corto, el rostro anguloso y los ojos de reptil de Benedicto irradiaban una crueldad que todos captaban instintivamente. Además, él sabía que podía serlo hasta límites extremos cuando lo necesitaba. Amenazaba cuando no bastaban las buenas maneras y, por ejemplo, la mitad de las personas que estaban en esa habitación habían asistido a la recaudación de fondos para no disgustar a Benedicto. Hacía cinco años, dejó claro que tenía aspiraciones políticas y, desde entonces, había estado allanando el camino hacia el poder por los medios más repulsivos, los mismos medios que su propio padre había empleado para llevar la vergüenza y la devastación a su familia. Tomó una copa de champán, dio un sorbo y avanzó intercambiando cortesías con ministros y autoridades deseosos de ganarse el favor de los Pantelides, pero se dio cuenta de que Benedicto y Pietro lo habían visto porque se pusieron muy rectos con una sonrisa más amplia todavía. Él no sonrió, les dio la espalda y se dirigió hacía la hija, quien estaba hablando con Alfonso Delgado, el filántropo y millonario brasileño que era su última presa.

—Alfonso, si quieres que celebre una gala para ti, solo tienes que decirlo. Mi madre podía celebrarlas con los ojos cerrados y me han dicho que he heredado ese talento. ¿Acaso dudas de mis talentos?

Ella ladeó la cabeza con un gesto coqueto y Alfonso sonrió con una expresión que se parecía a la adoración. Él reprimió una mueca de repulsión y dio otro sorbo de champán.

–Nadie dudaría de tu talento. ¿Podríamos comentarlo cenando una noche de esta semana?

La sonrisa que dibujaron sus labios carnosos volvió a provocar la reacción de sus entrañas.

–Claro, me encantaría. También podemos comentar la promesa que hiciste de financiar la campaña de mi padre...

Theo se acercó y se metió entre los dos. Alfonso lo miró y su sonrisa dejó de ser seductora para convertirse en amistosa.

–Amigo, no sabía que hubieses vuelto a mi país. Al parecer, no podemos deshacernos de ti.

–Ni una manada de caballos salvajes podría alejarme de lo que tengo que conseguir en Río –replicó él sin mirar a la tentadora mujer.

Alfonso se giró al oír que alguien se aclaraba la garganta. Volvió a adoptar el aire de play boy y esbozó una sonrisa como si quisiera disculparse. Él lo conocía desde hacía diez años y siempre había tenido debilidad por las morenas con curvas, e Inez da Costa tenía unas curvas más que peligrosas. Su amigo se arriesgaba mucho al ser una presa fácil para los da Costa.

–Perdona, querida. Permíteme que te presente a...

Theo lo agarró del hombro para silenciarlo.

–Puedo presentarme yo solo. En estos momentos, creo que te necesitan en otro sitio.

–¿En otro sitio? –preguntó Alfonso con desconcierto.

Theo se inclinó para susurrarle algo al oído. Alfonso apretó los dientes con rabia y asombro antes de recuperar la compostura. Miró a la mujer que tenía al lado y volvió a mirar a Theo.

–Creo que te debo una, amigo –dijo tendiéndole la mano.

–No te preocupes –replicó Theo estrechándosela–. Hasta la próxima.

Inez de Costa dejó escapar un gemido de incredulidad cuando Alfonso se alejó sin mirarla. Él sintió un arrebato de satisfacción mientras observaba a su amigo, que se dirigía hacia la puerta. Luego, echó una ojeada por la habitación y vio que Pietro da Costa miraba a su hermana con el ceño fruncido. Él dio otro sorbo de champán antes de dirigir la atención hacia Inez da Costa, quien lo miró con la rabia reflejada en los enormes ojos marrones.

–¿Puede saberse quién es usted y qué le ha dicho a Alfonso?

Capítulo 2

A THEO no le gustaba que su investigación no hubiese sido exhaustiva al cien por cien. Había vigilado a Inez da Costa desde lejos porque, hasta hacía poco, había considerado que su interés era escaso. No había sabido cuál era su papel en la organización de su padre hasta hacía unos días, pero, aun así, debería haber adivinado su poder. En ese momento, cuando estaba viendo por primera vez la que estaba resultando ser la pieza clave en la siniestra maquinaria de su enemigo, sintió una oleada tan ardiente que tuvo que tomar aliento. De cerca, el rostro ovalado de Inez da Costa era impresionante, tenía la piel sedosa y llevaba un maquillaje impecable que resaltaba esa mirada de cervatillo receloso. Su nariz se elevaba con un aire de enojo y tenía los carnosos labios separados mientras respiraba con rabia. Las fotos de su dossier no le hacían justicia. Ese cuerpo recubierto de seda roja hacía que sus sentidos se alteraran como no lo hacían desde hacía mucho tiempo.

–Le he hecho una pregunta –insistió ella en un tono sensual–. ¿Por qué está marchándose uno de mis invitados?

–Le dije que tenía que alejarse de usted si no quería encontrarse con una soga alrededor del cuello antes de que se diese cuenta.

–¿Cómo dice...? –preguntó ella boquiabierta y mostrando unos dientes perfectos.

–Cuidado, *anjo*, puede montar una escena y a papá

no le gustaría que su festejo se estropeara por una discusión, ¿verdad?

Ella lo miró tan fija y penetrantemente que él no pudo desviar la mirada. Aunque quizá fuese porque, a pesar de lo desafiante de su mirada, él había captado cierta vulnerabilidad.

–No sé quién se cree que es, pero es posible que necesite aprender a comportarse en sociedad. No se insulta intencionadamente a la anfitriona ni...

–Mi intención era muy sencilla. Quería librarme de un competidor.

–¿Un competidor?

–Sí. Una vez que Alfonso se ha marchado, la tengo toda para mí. En cuanto a quién soy, me llamo Theo Pantelides y soy su invitado de honor. Es posible que tenga que aprender que la anfitriona debería saber quiénes son sus invitados más importantes.

–¿Usted es Theo Pantelides...? –preguntó ella ligeramente boquiabierta.

–Sí, y le propongo que sea amable conmigo. Que un invitado destacado se marche antes de la cena podría ser excusable, aunque no mucho, pero si se marchan dos, la gente no lo entenderá. Ahora, sonría y tome mi brazo.

Inez se tambaleó. Theo Pantelides... Era el hombre del que le habían hablado su padre y Pietro, el hombre que iba a hacerse con la mayoría de las acciones de Da Costa Holdings hasta después de las elecciones, el hombre que, según Pietro, era un malnacido arrogante y, efectivamente, era arrogante. En cuanto a que fuese un malnacido, tendría que confirmarlo, pero todo indicaba que también lo era. Lo que no sabía era que el hombre del que hablaban con tanto desprecio iba a ser tan... impresionante.

–Creía que era mayor –comentó ella antes de que pudiera evitarlo.

–¿Y no tan joven, viril e increíblemente atractivo?

Esa confianza en sí mismo, tan irritante como justificada, la dejó atónita. El pelo moreno y tupido, los ojos color avellana, los pómulos prominentes y la mandíbula cuadrada eran habituales entre la alta sociedad que frecuentaba estimulada por su padre y su hermano. Sin embargo, esa combinación, en ese hombre, se elevaba hasta un punto de magnetismo que reclamaba toda la atención, y la conseguía. Sus amplios hombros y su actitud transmitían que su interior era tan implacable que nadie sería tan necio como para desafiarlo. Aun así, ese peligro que ella podía percibir le parecía... irresistible. Él dio otro sorbo de champán y ella no pudo evitar fijarse en el hoyuelo de la barbilla y en el cuello que parecía hecho de bronce. Contuvo el aliento al ver la nuez moverse, pero retrocedió al darse cuenta de que había cerrado los puños para no acariciársela. Intentó acordarse de la indignación hacia ese desconocido. Detestaba su papel en el acto de esa noche, que consistía en pedir fondos para la campaña como si fuesen para una obra benéfica, pero no podía permitir que se le escaparan las oportunidades, como había acordado con su padre. Dentro de seis semanas, quedaría libre para cumplir sus sueños. Libre de su padre y de esos espantosos rumores que habían sido parte de su infancia, y que desolaban a su madre cuando creía que no la veían.

Tenía que concentrarse y no pensar en la barba incipiente de ese desconocido sobre su piel.

–¿Que sea amable después de que ha interrumpido mi conversación y de que mi invitado se haya marchado sin despedirse siquiera?

–Piénselo un minuto. ¿Realmente quiere a un hombre que la abandona solo por un par de palabras susurradas al oído?

El momentáneo extravío de sus sentidos dejó paso a la rabia más profunda.

–Que le susurrara esas palabras en vez de dejarme oírlas hace que dude de lo seguro que está de su hombría.

Ella estaba acostumbrada a ser el objetivo de bromas masculinas. Pietro y su padre se habían burlado de sus ambiciones profesionales hasta que un día hizo el equipaje y los amenazó con marcharse de casa para siempre. Sin embargo, se quedó asombrada cuando ese hombre se rio, pero más asombrada se quedó cuando un cosquilleo desconocido brotó de su vientre y se extendió por todo su cuerpo al ver sus dientes y el brillo burlón de sus ojos.

–¿He dicho algo gracioso?

–Sí. Habían dudado de muchas cosas mías, pero nunca de mi hombría.

La carrera política que tanto anhelaba su padre producía hombres que podían fingir seguridad en sí mismos hasta parecer ridículos, pero ese hombre irradiaba poder y seguridad con tanta naturalidad que parecían consustanciales a él. Si a eso se le añadía ese peligroso magnetismo que ella percibía, Theo Pantelides se convertía en absolutamente letal.

Oyó que el maestro de ceremonias anunciaba que la recaudación de fondos que ella había organizado, el trampolín para su libertad, estaba a punto de empezar, y vio que Pietro y su padre se acercaban por detrás de ese hombre. Su padre querría saber qué le había pasado a Alfonso. El empresario brasileño había prometido celebrar un partido de polo en su enorme rancho y ella tenía que haber conseguido que esa noche confirmara la fecha y una donación para la campaña. Una victoria que necesitaba y que ese hombre había frustrado. La rabia se reavivó.

–Eso puede solucionarse fácilmente, Inez –le susurró él al oído con una voz seductora.

Oír el nombre que su madre, medio estadounidense, le había dado con tanto cariño, hizo que perdiera un instante el sentido de la realidad, algo que empeoró cuando su cálido aliento le acarició el cuello. Consiguió sofocar un estremecimiento y se concentró otra vez.

–No diga mi nombre de pila. Es más, no me hable. Márchese.

Inez sabía que estaba comportándose como una niña y que tenía que recomponerse para encontrar una solución a una situación que quince minutos antes estaba resuelta. Miró a su padre y su hermano y sintió la punzada de dolor que siempre llevaba en el pecho. Durante mucho tiempo, había anhelado tener una relación con ellos, sobre todo, desde que su madre desapareció cruelmente de su vida cuando se cayó de un caballo una semana antes de que ella cumpliera dieciocho años. Sin embargo, pronto se dio cuenta de que estaba sola en el dolor por la pérdida de la madre que lo había sido todo para ella. Pietro no tuvo tiempo de llorarla antes de que su padre iniciara su campaña de lavado de cara. Benedicto, por su parte, no había terminado de enterrar a su esposa cuando retomó su implacable carrera por el poder político. Constantine Blanco, el único hombre que había creído que era respetable, había resultado ser tan despiadado y ávido de poder como los hombres de su familia, pero había sido una lección que había aprendido bien.

–Observo que los rumores eran falsos –comentó el imponente hombre que tenía delante.

Se tragó la amargura que se había adueñado de ella al pensar en lo que había permitido que pasara con Constantine, en lo bajo que había caído por la necesidad de amor.

–¿Qué rumores? –preguntó ella con una despreocupación que no sentía.

–Los que decían que todos sus parpadeos derrochaban encanto y elegancia. En este momento, solo puedo ver que quiere despellejarme con sus garras.

–Entonces, aléjese de mí. No me gustaría desfigurar su rostro increíblemente atractivo.

Se apartó de su magnética presencia y se dirigió hacia las mesas con cubertería de plata y una cristalería exquisita. La cena, a veinte mil dólares el cubierto, era, en apariencia, para recaudar dinero para los niños de las favelas, una causa que ella apoyaba con todo su corazón. Sin embargo, estaba manchada por tiburones ávidos de poder, amenazas veladas para garantizar votos y... sinvergüenzas increíblemente atractivos que conseguían que tuviera que contener la respiración de una manera aterradoramente excitante. Todas las mesas estaban dispuestas para ocho personas, y su padre se había empeñado en que la de ellos estuviera en el centro, donde todos tuvieran que verlos. Con la inesperada marcha de Alfonso, su silla vacía sería muy evidente e incómoda. Tenía que sentar a alguien a esa mesa, solo tenía que decidir a quién...

–*Senhorita*, por mucho que mire la silla vacía, su invitado no reaparecerá de repente.

Ella se estremeció, pero su silla y la que tenía el nombre de Alfonso se retiraron antes de que pudiera encontrar una réplica suficientemente cortante.

–¿Qué hace? –preguntó ella acaloradamente y en voz baja.

Inez siguió con los ojos en la mesa para no mirar a esos ojos color avellana. Tenían algo que hacía que se sintiera como si fuese la presa y él el depredador.

–Estoy salvándole el pellejo. Ahora, sonría y siga el juego.

–No soy una marioneta. No sonrío cuando me lo ordenan.

–Inténtelo si no quiere pasarse el resto de la velada sentada al lado de ese problema del que nadie quiere hablar.

Su voz transmitió algo que hizo que se olvidara de

su intención de no mirarlo a los ojos. Algo... singular. Sus ojos colisionaron y volvió a sentirse su presa.

—Ha creado una situación y ahora pretende arreglarla. ¿Por qué no dice lo que quiere de una vez?

Una sombra le recorrió el rostro, pero se disipó antes de que ella pudiera descifrarla. Sin embargo, fuera lo que fuese, todos sus sentidos se pusieron alerta.

—Solo quiero reconducir un poco la situación. Además, por mucho que intente disimularlo, sé que lo que he hecho le angustia. Permítame repararlo.

Él le indicó su silla. Ella miró fugazmente alrededor y vio que estaban llamando la atención. No podía hacer nada si no quería montar una escena. Intentó esbozar una sonrisa y se sentó justo antes de que Theo Pantelides también se sentara. Él fue a tomar la copa de champán mientras ella tomaba la de agua y daba un respingo al rozarse las manos.

—Relájese. ¿Qué es lo peor que podría pasar?

—Le aseguro que lo peor ya ha pasado.

Inez no había querido ver la verdad durante mucho tiempo, que su padre ya tenía heredero y ella era un recambio inútil. Sintió un arrebato de tristeza y la rabia le atenazó la garganta.

—Anímese, no es el momento de desmoronarse. Hágame caso, Delgado es un buen amigo, pero es muy voluble.

—Ya han jugado mucho conmigo y sé que esta noche no ha venido por mí. *Senhor*, hágame un favor y dígame claramente qué quiere —susurró ella en tono tajante.

Inez notó que el corazón se le había acelerado y que las manos le temblaban por unas emociones que no podía definir.

—Para empezar, no me llame *senhor*. Si quiere dirigirse a mí, llámeme Theo.

—Lo llamaré como me parezca adecuado, señor Pantelides. Además, observo que, una vez más, ha evitado contestarme.

—No, he evitado seguir tus órdenes. Deberían enseñarte a tener un poco de paciencia, *anjo*.

—¿Pretende enseñármela usted? —preguntó ella arqueando una ceja.

Él volvió a esbozar esa sonrisa devastadora y el corazón se le desbocó. ¿Qué estaba pasando?

—Solo si me lo pides con amabilidad.

Ella estaba buscando una réplica cortante cuando su padre y los demás invitados llegaron a la mesa. La miró con los ojos entrecerrados antes de mirar a Theo.

—Señor Pantelides, había esperado contar con unos minutos de su tiempo antes de que la velada empezase —comentó su padre mientras se sentaba enfrente de ellos.

Inez tuvo la sensación de que el hombre que tenía al lado se ponía un poco rígido, pero lo miró y su rostro no le indicó qué sentía de verdad.

—No me importa mezclar el trabajo con el placer, pero no quiero mezclarlo con el sufrimiento de los pobres. Primero están los niños de las favelas y luego nos ocuparemos de los negocios.

El ambiente se hizo gélido. La esposa del secretario de Estado contuvo el aliento y palideció. Pietro, quien acababa de llegar mientras Theo replicaba, agarró el respaldo de su silla con un gesto de furia. Su padre lo miró y él se sentó con los puños cerrados.

—Naturalmente —Benedicto sonrió a Theo—. Es una causa muy querida para mí. Mi propia madre se crio en una favela.

—Como usted, ¿no? —preguntó Theo en tono aterciopelado.

—Se equivoca, señor Pantelides. Mi madre consiguió escapar de su destino, al revés que la mayoría de su familia, y prosperó antes de tenerme, pero yo heredé su espíritu de lucha y su decisión para hacer todo lo que pueda a favor de ese sitio desolador que fue su hogar.

–Entonces, me han informado mal –replicó Theo en un tono que daba a entender lo contrario.

–Le aseguro que esa información equivocada no es nada en comparación con las maniobras de mis oponentes políticos. Además, siempre he oído decir que solo un necio se cree todo lo que lee en los periódicos.

–Y yo le aseguro que sé muy bien hasta dónde pueden llegar los periódicos para conseguir un titular –replicó Theo con una sonrisa muy elocuente.

–Al parecer, hemos perdido a Alfonso. ¿Te importaría explicarme su ausencia, Inez? –le preguntó Pietro para cambiar de conversación.

Ella, sin embargo, captó que seguía enfadado y que no se había dirigido a Theo Pantelides, quien, aun así, se giró hacia su hermano.

–Lo reclamaron repentinamente por un asunto urgente. Como yo estaba allí cuando sucedió, su hermana me ofreció su sitio y yo lo acepté, ¿verdad, *anjo*?

Ella vio que Pietro abría los ojos por ese apelativo cariñoso. Sin embargo, los entrecerró inmediatamente y miró alternativamente a Theo Pantelides y a ella, que cerró los puños y también lo miró hasta que desvió la mirada.

–Bueno, es posible que la pérdida de Delgado nos beneficie –intervino su padre.

Theo volvió a sonreír, y a ella se le aceleró el corazón otra vez, aunque esa sonrisa no tuviera la más mínima calidez. Ese hombre era un enigma. Había conseguido sentarse en la mesa presidencial y ofendía a su anfitrión como le había ofendido a ella. Estaba segura de que su padre daría rienda suelta a su furia antes o después, pero, en ese momento, estaba desconcertada por el hombre que tenía al lado. ¿Qué se proponía? Si podía adquirir una participación mayoritaria de la empresa de su familia, era un hombre con muchos medios, pero no era brasileño. Entonces, ¿por qué le interesaban las aspiraciones políticas de su padre? Estaba mirándolo cuando él giró la cabeza y sus ojos color avellana se clavaron en los de ella con una ceja arqueada. Ella miró hacia otro lado, tomó la copa y dio un sorbo. Afortunadamente, el maestro de ceremonias subió al estrado para anunciar el primer plato y el primer orador.

Ella casi ni probó la *mousse* de salmón, como tampoco asimiló lo que dijo el ministro de Sanidad sobre las medidas para ayudar a los pobres. El hombre que tenía al lado le impedía pensar con claridad. La última vez que sintió algo remotamente parecido, estuvo a punto de entregarse a un hombre que solo quería utilizarla como una marioneta. ¡No se repetiría! Solo quedaban seis semanas. Tenía que centrarse en eso. Una vez que su padre estuviese en campaña, ella podría empezar una vida nueva.

Cuando era pequeña, había oído rumores sobre los inicios crueles de su padre. Unas amigas del colegio habían murmurado algo sobre operaciones turbias en las que había participado su padre, aunque ella nunca había encontrado pruebas concretas. Una vez se lo preguntó a su madre, pero ella le advirtió que no creyera las mentiras sobre su familia. Ella se convenció de que no eran verdad, pero, con el paso del tiempo, ese convencimiento fue disipándose.

—Parece como si creyeras que el mundo está acabándose, *anjo*.

Él volvió a murmurar ese apelativo cariñoso en un tono grave y seductor que la estremeció.

—Espero que no vaya a pedirme que sonría otra vez porque...

Se quedó boquiabierta cuando él le tomó la mano, se la llevó a los labios y una oleada de sensualidad se adueñó de ella. Intentó soltarse la mano.

—¿Puede saberse qué hace?

–Ayudarte. Si sigues mirándome como si quisieras arrancarme los ojos, esto no saldrá bien.

–¿Qué es esto y por qué iba a seguir el juego?

–Tu padre y tu hermano siguen preguntándose por qué se marchó Delgado tan súbitamente. ¿Quieres sufrir un tercer grado más tarde o me dejarás que te ayude a que todo se olvide?

Ella lo miró con recelo. Seguía teniendo la sensación de que esa fachada refinada y atractiva ocultaba algo. Sensación que aumentó cuando la miró con una expresión enigmática, excepto por la sonrisa que esbozaba su boca amplia y sexy.

–¿Por qué quiere ayudarme?

Ella intentó retirar la mano otra vez, pero él la sujetó acariciándole la muñeca con el pulgar. La sangre le bulló en las venas y el pulso se le aceleró donde él la acariciaba con tanta destreza.

–Porque espero que eso te convenza para que almuerces conmigo mañana.

Él miró enfrente. Aunque no cambió la expresión, ella volvió a notar la tensión. Si no le agradaba su familia, ¿por qué iba a invertir en su empresa? Él volvió a mirarla con intensidad.

–Me temo que tengo que rechazar su invitación a almorzar. Tengo otros planes.

–¿A cenar?

–También tengo otros planes. Además, ¿no tiene unos asuntos con mi padre mañana?

–Nuestros asuntos durarán lo que tarde en firmar en la línea de puntos.

–Y consiga una participación mayoritaria y permanente en la empresa de mi familia.

–Permanente, no –sus ojos brillaron–. Solo hasta que consiga lo que quiero.

Capítulo 3

QUÉ es lo que quiere?
   –Por el momento, almorzar mañana contigo.
   Él volvió a pasarle el pulgar por la muñeca y ella sintió nuevamente la oleada de sensaciones. La tentación de aceptar pudo con ella a pesar de las alarmas que se habían disparado en su cabeza. Aun así, hizo un esfuerzo para hacer caso a las alarmas. Su breve y dolorosa incursión en una relación le había enseñado que el encanto y el atractivo podían ocultar unas intenciones muy perjudiciales para su corazón, y Theo Pantelides era muy peligroso.

   –La respuesta sigue siendo negativa –insistió ella en un tono cortante.

   Él arrugó los labios, pero se encogió de hombros como si no se hubiese inmutado por su respuesta. Era uno de esos hombres que atraía a las mujeres como el polen a las abejas y podría quedar para almorzar con la mitad de las mujeres que había en esa habitación y tentar a la otra mitad, a las casadas, para que pecaran. La idea de que iba a hacer exactamente eso le produjo una punzada tan incisiva que estuvo a punto de quedarse boquiabierta. ¿Podía saberse qué estaba pasándole? Tenía que dominarse antes de que hiciera una tontería, como dejar a un lado los planes del día siguiente para estar más tiempo con ese hombre impresionante e insufriblemente seguro de sí mismo.

   Retiró la mano por fin y la dejó sobre el regazo justo cuando se apagaron las luces y empezaron a proyectarse fotos de las favelas. Su padre subió al estrado para pronunciar su discurso. El relato de prostitución, violencia, guerra de bandas y secuestro de inocentes lo había oído en cientos de actos benéficos. Apretó los puños porque sabía que esas personas vestidas con esmoquin y cargadas de diamantes se olvidarían de las favelas antes de que sirvieran el postre. Quiso levantare y marcharse, pero no abandonaría el trabajo que se había comprometido a hacer ni a los que dependían de ella. Se sintió orgullosa por el papel que representaba para esos jóvenes que estaban a su cargo y porque había conseguido cambiar esa parte de su vida sin la intervención de su padre y su hermano.

Su padre terminó el discurso entre una ovación, el proyector se apagó y se encendieron las luces. Ella tomó la copa de vino y se dio cuenta de que Theo estaba mirándola otra vez.

–¿Debería ofenderme porque no me haces ningún caso?

–Intuyo que no está acostumbrado.

Entonces, se dio cuenta de cómo lo miraban las mujeres de otras mesas. A todas les gustaría tener un contacto físico y personal con el hombre que tenía a su lado y que acariciaba el tallo de la copa de vino de una manera que le hacía pensar en ciertos actos indecentes. Se fijó en una joven y famosa actriz que también lo miraba y volvió a sentir esa punzada en las entrañas.

–Te sorprendería –replicó él.

–¿De verdad? ¿Cómo? –preguntó ella con curiosidad y mirándolo otra vez.

–Esa pregunta me hace pensar que te has formado una idea de mí.

–Y esa respuesta me confirma que se le da muy bien escurrir el bulto. Es posible que engañe a los demás, pero a mí no me engaña.

Él la miró fijamente antes de sonreír y de levantarse tendiéndole la mano.

–Baila conmigo, *anjo*, y aclárame un poco lo que crees que sabes de mí.

El tono fue delicado e implacable a la vez. Negarse, mientras todo el mundo los miraba, sería una descortesía enorme. El corazón se le aceleró mientras tomaba su mano y se levantaba. Las sensaciones que estaba intentando sofocar, se reavivaron por la cálida firmeza de su contacto. Rezó para que el tiempo pasara más deprisa, para que terminara la velada y pudiera liberarse de ese hombre. Su reacción a él era desconcertante, y la certeza de que estaba jugando con ella la desasosegaba. Miró a su padre con la esperanza de que aprobase que acompañara al hombre con quien quería asociarse, pero, para su sorpresa, se encontró con un gesto de censura gélido.

Gracias a las habladurías, se había enterado de que Alfonso Delgado no podía comprar una participación mayoritaria de Da Costa Holdings. Entonces, ¿por qué su padre no aprobaba a un hombre tan superior a Alfonso en cuanto a valor monetario?

–O mejoras mucho tu cortesía o tendré que hacer algo drástico para retener tu atención –el tono seco de Theo se abrió paso entre sus pensamientos–. ¿Acaso estabas tan interesada por Delgado?

–No, no lo estaba.

–Entonces, cuéntame qué estabas pensando.

–¿Alguna vez se ha encontrado en una situación donde, haga lo que haga, todo está mal?

–Sí, algunas veces.

Él la estrechó contra sí y ella notó su calidez a través de la tela del vestido. También captó su olor fuerte, masculino y embriagador. Quiso estrecharse más contra él y pasarle los labios por la piel del cuello.

–¿Crees que esta es una de esas situaciones? –añadió él.

–No lo creo, lo sé.

–¿Por qué?

–Porque mi cerebro funciona perfectamente –contestó ella riéndose.

–¿Estás preocupada porque tu padre y tu hermano están disgustados contigo?

–Esta noche todo ha salido según lo previsto, excepto...

–Delgado. Te preocupa que tu padre te ofreciera en una bandeja de plata porque parece considerarte un trofeo digno de ganarse y querrá saber qué has hecho mal.

Ella lo miró a los ojos. El insulto le había dolido sorprendentemente.

–¿Qué quiere decir con «parece considerarte»? ¿Qué sabe de mi padre o de mí?

Theo intentó no ponerse tenso y que tenerla entre los brazos no le impidiera pensar.

–Suficiente.

–¿Siempre va por ahí haciendo comentarios infundados sobre personas que acaba de conocer?

–Aclárlamelo entonces –replicó él con una leve sonrisa–. ¿Eres un trofeo digno de ganarse?

–No tiene sentido aclararlo porque no servirá de nada. Después de esta noche, usted y yo no volveremos a vernos nunca más.

Ella retrocedió un paso para intentar soltarse de sus brazos, pero él la sujetó sin esfuerzo y contuvo el arrebato de rabia y amargura.

–Nunca digas nunca, *anjo*.

–No lo haga –replicó ella mirándolo con furia.

–¿El qué? –preguntó él fingiendo inocencia.

–No me llame así.

–¿No te gusta?

–No tiene derecho a emplear un nombre cariñoso con alguien que acaba de conocer.

–Tranquilízate...

–No voy a tranquilizarme. No soy un ángel, y mucho menos su ángel.

–Inez.

A ella se le paró el pulso antes de que se le desbocara otra vez.

–No lo haga –volvió a susurrar ella.

Él se inclinó hasta que tuvo la boca a dos centímetros de su oreja.

–¿No puedo usar tu nombre de pila? –preguntó él acariciándole el lóbulo de la oreja con el aliento–. Solo tengo eso o *anjo*. Las demás palabras solo son adecuadas para el dormitorio.

Una oleada la abrasó por dentro mientras veía en la cabeza unas imágenes de sábanas arrugadas, cuerpos sudorosos y placer deslumbrante. Sacudió la cabeza para borrar las imágenes y oyó que él se reía en voz baja. Lo miró y vio la avidez reflejada en sus ojos. Se le endurecieron los pezones y la sangre la bulló más cuando él volvió a esbozar una sonrisa demoledora. No pudo evitarlo y desvió la mirada hacia sus labios.

–Creo que ahora me toca a mí decir que no lo hagas. No lo hagas si no quieres que te agarre del pelo y te arrastre a la cueva más cercana.

–Estamos en el siglo veintiuno, *senhor* –replicó ella entre risas a pesar de lo alterada que estaba.

–Pero lo que siento en este momento es muy primitivo.

Él esquivó a otra pareja y aprovechó para estrecharla con más fuerza. Ella tragó saliva al notar su erección contra el abdomen. Su desconcierto aumentó. Constantine había sido atractivo e impresionante, pero nunca había conseguido que se sintiera así. Pensar en el hombre que le había roto el corazón y la había traicionado despiadadamente fue como un jarro de agua fría. Había hecho el ridículo con un hombre, había creído que era la respuesta a sus plegarias. Ya era lo bastante sensata como para saber que Theo Pantelides no era la respuesta a ninguna plegaria, salvo que quisiera darse un batacazo.

–Creo que ya he cumplido con mi obligación de bailar con usted. Es posible que quiera encontrar a otra mujer dispuesta a que la agarre de los pelos para arrastrarla a su cueva.

–No hará falta. Ya he encontrado lo que estaba buscando.

Theo vio que distintas emociones se reflejaban en su rostro antes de que recuperara su impecable aire de anfitriona. Aunque se maldijo para sus adentros por su reacción física, se alegraba de que ella creyera que tenía las riendas, que pensara que podía manipularlo en su beneficio, o, mejor dicho, en beneficio de su padre. Su reacción ante la marcha de Delgado le había demostrado lo importante que era para ella cumplir el papel de mujer señuelo para su padre. ¿O sería otra cosa? ¿Esperaba ella hacerse con un millonario mientras servía a los propósitos de su padre? Inez da Costa procedía de una familia implacable cuando buscaba la riqueza y el poder. Se replanteó la estrategia. La conclusión a la que había llegado era sorprendente, pero fácil de adaptar. Podría matar varios pájaros de un tiro y terminaría sus asuntos en Río mucho antes de lo que había previsto.

Inez intentó zafarse otra vez, y las sensaciones primitivas que había mencionado se reavivaron. Tuvo que soltarla, y ella retiró su delicada mano dejándolo con la sangre como ríos de lava. El plan que había ideado se reafirmó cuando la miró y vio que intentaba disimular la respiración entrecortada. O estaba ofendida por su comentario o estaba excitada. Como no le había dado una bofetada, decidió que era lo segundo. Bajó un poco la mirada y se quedó sin respiración al ver los pezones erectos debajo del vestido. La bajó más, y su pequeña cintura dio paso a esos muslos tentadores que anhelaba acariciar. Aunque intentó convencerse de que esa reacción acabaría siendo positiva para sus intereses, también tuvo que reconocerse que hacía mucho tiempo que no reaccionaba así por una mujer. Todos sus sentidos se despertaban con una vehemencia que, durante una década, había creído que solo podía despertar la venganza contra la persona que había llevado semejante caos a su vida.

–Buenas noches, señor Pantelides. Espero que disfrute lo que queda de velada –se despidió ella entonces con tirantez.

Se dio la vuelta y se alejó antes de que él pudiera replicar. Aunque había mantenido el tipo, una parte de él había quedado consumida por su seductora presencia. Sin embargo, Inez da Costa solo era una parte de la partida y tenía que concentrarse en la partida completa.

Se dirigió hacia la barra y vio que Benedicto y su hijo dejaban de conversar para acercarse a él. La angustia tan temida amenazó con adueñarse de él, pero hizo un esfuerzo para sofocarla. Ya no estaba en aquel sitio oscuro y frío. Estaba libre y a plena luz... Se lo repitió varias veces, se bebió de un trago el vasito de vodka y recuperó la calma.

–*Senhor* Pantelides...

–Estamos a punto de ser socios...

Él vio que Inez, por detrás de Pietro, estaba charlando con un grupo de invitados. Su cuello esbelto y las curvas de su cuerpo le abrasaron las entrañas.

–... y, con suerte, algo más que eso. Llamadme Theo.

El más joven pareció sorprendido, pero se repuso enseguida y le tendió la mano.

–Theo... nos gustaría concretar una hora para comentar y concluir nuestro acuerdo.

Él estrechó la mano de Pietro con firmeza. Benedicto también fue a ofrecerle la mano, pero él se dio la vuelta, captó la atención del camarero y levantó la mano para pedirle tres bebidas. Cuando volvió a mirarlo, Benedicto había retirado la mano. Dominó la ira y sonrió.

–Mañana a las diez en mi despacho. Tendré los documentos preparados para firmarlos.

–Creía que querías concretar algunos detalles –replicó Benedicto con cierta sorpresa.

Theo volvió a mirar a Inez.

–Había algunas cosas que me preocupaban, pero ya no tienen importancia. Los fondos para tu campaña estarán preparados en veinticuatro horas.

El padre y el hijo se miraron con aire triunfal.

–Nos alegramos de oírlo –comentó Benedicto.

–Perfecto. Entonces, espero que vosotros tres cenéis mañana conmigo para celebrarlo.

–¿Nosotros tres? –preguntó Benedicto con el ceño fruncido.

–Claro. Como es una empresa familiar, supongo que a tu hija le gustaría participar en la celebración. Al fin y al cabo, la empresa era de la familia de su madre antes de que fuera suya, ¿no es verdad, *senhor* Da Costa? –preguntó Theo con delicadeza.

El hombre entrecerró los ojos con una mirada amenazadora.

–Compré la parte de mi suegro hace diez años, pero, efectivamente, es una empresa familiar.

–Entonces, mañana por la noche seréis mis invitados. *Saúde* –brindó Theo levantando su vasito.

–*Saúde* –repitieron Benedicto y su hijo.

Theo se lo bebió de un sorbo, pero, esa vez, lo dejó dando un golpe. Vio que el padre y el hijo volvían a mirarse, pero solo le importaba salir del salón de baile. La necesidad de despellejar al hombre que les había causado tanta angustia a él y su familia empezaba a dominarlo. El sonido de su móvil le permitió dejar de pensar en asesinarlo.

–Disculpadme.

Se dio la vuelta y salió a la terraza antes de contestar la llamada.

–Te aviso de que vas a meterte en un buen lío con Ari si no confiesas lo que estás haciendo de verdad en Río –le advirtió su hermano Sakis a modo de saludo.

–Demasiado tarde. Ya me he teñido el pelo esta tarde.

–Sí, pero no sabes que está pensando en ir allí para aclararlo personalmente.

–¿Acaso no tiene bastante con ocuparse de su prometida embarazada?

No le importaba enfrentarse con Ari, pero su presencia podría alertar a Benedicto sobre sus verdaderas intenciones. Hasta el momento, Benedicto da Costa no sabía que él había encontrado la relación que tenía con lo que pasó hacía doce años. Si otro Pantelides se presentaba en Río, las alarmas podrían dispararse.

–Tienes que retenerlo.

–Está preocupado –murmuró Sakis–. Y yo también.

–Hay que hacerlo –se limitó a decir él.

–Lo entiendo, pero no tienes que hacerlo solo. Es peligroso. Cuando se enteré de tus verdaderas intenciones...

–No se enterará. Me he cerciorado.

–¿Cómo puedes estar tan seguro? Theo, no seas cabezota. Puedo ayudarte y...

–No. Tengo que hacerlo por mi cuenta.

–¿Estás seguro?

Theo se dio la vuelta para mirar al salón de baile. La flor y nata de Río bebía y se reía. En el centro estaba Benedicto da Costa, el motivo por el que no podía dormir una sola noche sin tener espantosas pesadillas; el motivo por el que la angustia le hacía perder el dominio de sí mismo si se descuidaba un solo segundo. Inevitablemente, el elemento femenino de esa familia diabólica atrajo su mirada. Inez estaba bailando con un hombre interesado en ella con una lujuria tan evidente que él tuvo que agarrarse a la balaustrada de piedra. La adrenalina le recorrió el organismo como si fuese un boxeador en los segundos previos al combate. Ese combate llevaba mucho tiempo preparándose. Tenía que ganarlo o, si no, nunca expulsaría a los demonios que llevaba dentro ni recuperaría el dominio completo de su vida. Su otra mano agarró con fuerza el móvil y habló despacio para que su hermano entendiera todas y cada una de las palabras.

—Estoy seguro de que tengo que acabar con el hombre que me secuestró y torturó durante dos semanas para que Ari pagara un rescate de dos millones de dólares. Voy a hacer que se sienta diez millones de veces peor de lo que me sentí yo y mi familia, y no voy a descansar hasta que acabe con todos ellos.

Capítulo 4

U N AMERICANO doble, por favor.

Inez sonrió al camarero mientras rebuscaba unas monedas en el bolso para pagar el café. Normalmente, habría pedido una bebida fría con cafeína, pero esa mañana necesitaba una inyección suplementaria de energía. Había dormido mal después de la recaudación de fondos de la noche anterior. Además, la imagen de un hombre en el que no tenía por qué pensar, y mucho menos soñar, le había alterado lo poco que había dormido. El rostro de Theo Pantelides la había perseguido en sueños... y todavía la perseguía. La última vez que lo vio estaba apoyado en la balaustrada de la terraza con los ojos clavados en ella. No sabía por qué había mirado hacia la terraza, pero hubo algo que la impulsó a mirar hacia allí mientras bailaba con un invitado. La tensión de su cuerpo fue evidente, como lo fue el mensaje descarado que leyó en sus ojos mientras la miraba de arriba abajo. Aunque le habría gustado poder leerle los labios mientras hablaba por teléfono. Esa mirada la obsesionaba. Transmitía voracidad, rabia y algo más que no pudo descifrar del todo.

Intentó olvidarse, recogió el café y salió afuera. Era temprano para la clase con los niños de las favelas, pero no había querido seguir ni un segundo más desayunando con su padre y su hermano. Había sido un desayuno cargado de tensión. Pietro la había interrogado sobre lo que había pasado con Alfonso Delgado, pero su padre había estado frío y anómalamente preocupado. En cuanto él se levantó de la mesa, ella se excusó y se marchó. No se detuvo ni cuando Pietro le recordó que esa noche tenían una cena de compromiso. Solo quería salir de esa mansión que cada vez se cerraba más y más sobre ella.

–*Bom dia, anjo.*

El saludo hizo que se parara en seco. Theo estaba apoyado en un deportivo negro con los ojos ocultos detrás de unas gafas de sol. Sin embargo, el cosquilleo de su cuerpo le indicó claramente que los tenía clavados en ella. Se quedó sin respiración y el pulso se le aceleró a mil por hora.

–¿Puede saberse qué está haciendo aquí? –preguntó ella antes de que pudiera evitarlo.

Aparte de lo devastador que era su cuerpo alto, delgado y con un traje hecho a medida, le espantaba la idea de que pudiera descubrir lo que hacía los martes y jueves por la mañana. Según Pietro, ese mismo día, a la hora del almuerzo, Theo sería socio de la empresa familiar y eso significaba que tendría un contacto constante con su familia y podría desvelar partes de su vida que ella no quería desvelarles todavía.

–¿Está siguiéndome? –siguió ella acaloradamente mientras se acercaba a él.

–No, tengo la gabardina y el sombrero en la lavandería.

–Déjelos ahí. Con este calor, se cocería vivo.

–¿Capto cierto deleite en tu voz, *anjo*?

–Lo que capta es que no me creo que esté aquí por casualidad.

–Te equivocas, *ágape mou*. Pregunté cuál es la mejor cafetería de la ciudad y me mandaron a esta. Que estés aquí solo lo confirma. Salvo que te hayas desviado para probar un café malo.

Theo se incorporó y le tomó la mano que sujetaba el café antes de que ella pudiera replicar. Llevó los labios a la abertura de la tapa del café e inclinó el recipiente. Paladeó el café unos segundos antes de tragarlo. Inez intentó respirar al ver el movimiento de su garganta y sintió una punzada de deseo entre los muslos cuando él se pasó la lengua por el labio inferior.

–Delicioso y sorprendente. Habría dicho que eres una chica de café con leche.

–Lo cual demuestra que no sabe nada de mí –replicó ella.

Él se levantó las gafas de sol y la atravesó con su mirada. Aunque sonreía sensualmente, una tensión inclasificable flotaba entre ellos y le advertía a ella de que no todo era como parecía. Aunque ya lo sabía. Sonriera o estuviese serio, tratar con él era como jugar con la electricidad. Podía recibir una leve descarga de electricidad electroestática o quedarse electrocutada, y no pensaba comprobarlo.

–Es verdad, no sé lo suficiente de ti, pero es algo que pretendo corregir muy pronto.

–Si quiere perder el tiempo...

Él se limitó a sonreír y a darse la vuelta hacia su coche.

–Creía que había venido a por café –añadió ella.

Entonces, se mordió la lengua por alargar ese encuentro. La noche anterior se había alegrado porque no volvería a verlo, pero, en ese momento, le fastidiaba la idea de que se marchase.

Él se detuvo y la miró. Inmediatamente, ella se dio cuenta de que esa mañana se había puesto unos pantalones cortos blancos y una camiseta azul. Además, se había recogido el pelo con una coleta para que no la molestara durante la clase y no llevaba maquillaje. Esa mañana daba una imagen mucho menos sofisticada que la de la anfitriona que había sido la noche anterior. ¡Había pensado si la encontraba apetecible en ese momento y le daba igual lo que él pensara de ella!

–Tengo que marcharme. Te veré esta noche.

–¿Esta noche? ¿Por qué iba a verme esta noche?

Él volvió a mirarla de arriba abajo. Esa vez, su mirada, además de abrasadora, tenía un aire posesivo que la desasosegó. Él retrocedió un paso y abrió la puerta del coche. Ella lo observó cautivada mientras se metía en el reducido espacio.

–Porque quiero verte y siempre consigo lo que quiero, Inez –contestó él enigmáticamente y en un tono tajante–. Recuérdalo.

Siempre conseguía lo que quería. Sus palabras le retumbaron en la cabeza durante las dos clases de arte y diseño gráfico que daba desde las diez hasta el mediodía. Le costó concentrarse mientras demostraba la diferencia entre dibujar con lápiz o carboncillo a un grupo de chicos de diez años, pero la satisfacción de transmitir conocimiento a unos chicos que, si no, estarían vagabundeando por las calles sofocó momentáneamente todas las sensaciones que Theo había despertado con su aparición.

Aun así, la sospecha de que había estado siguiéndola no la abandonó ni durante la reunión que tuvo con el coordinador de voluntarios del centro. Buscar su independencia pasaba por conseguir un empleo remunerado, y para eso necesitaba más experiencia, algo que esperaba obtener pasando más horas como voluntaria. Gracias a la intromisión de su padre, solo tenía un semestre en la universidad, pero eso, y su trabajo como voluntaria, al menos era un primer paso. Un primer paso que se amplió mucho cuando el coordinador aceptó que pasara a trabajar tres días a jornada completa.

Estaba sonriendo cuando encendió el teléfono de camino al coche. El primer mensaje era de Pietro, y le recordaba que esa noche iban a salir a cenar con Theo Pantelides. Dejó escapar un improperio muy poco femenino y sintió la necesidad visceral de contestar para negarse. Después de la noche que había pasado y de esa mañana, no quería por nada del mundo exponerse a las sensaciones que le despertaba Theo. Además, tenía la sensación de que él había orquestado esa cena, aparte de que sospechara que la había seguido esa mañana. Más aún, la había provocado con lo último que le dijo. Intentó convencerse de que la cena sería rápida e inofensiva, pero una premonición la atenazó por dentro mientras se montaba en el coche.

–¡Malnacido!

El exabrupto más habitual de su hermano no la sorprendió.

–¿Qué pasa?

Eran justo antes de las siete y salían del coche en el paseo marítimo del Club Náutico de Río. Se bajó el borde y deseó haberse puesto algo un poco más largo que ese vestido ceñido y sin mangas de color azul oscuro, pero el tráfico había sido espantoso, había llegado a casa mucho más tarde de lo previsto y ese vestido fue lo primero que encontró. Miró a su hermano y vio que él señalaba hacia el yate más grande que se veía al fondo del muelle.

–Pantelides tenía que restregármelo por las narices –comentó él con acritud.

Ella miró la embarcación negra con ribetes dorados y volvió a mirar a su hermano.

–¿Restregártelo por las narices? ¿De qué estás hablando?

–Ese es mi barco.

–¿Tu barco? ¿Cuándo lo has comprado?

–No pude comprarlo después del lío con la última campaña de papá. ¡Ese barco debería ser mío!

–Pietro, un barco así cuesta millones de dólares.

Aparte de la insinuación de que yo impedí que lo compraras, lo cual es absurdo, nunca habrías podido permitirte un barco así...

–Olvídalo. Terminemos con esto de una vez. Bastante tengo con que papá haya decidido no venir. Ahora seré yo el que tenga que hablar por los dos, pero tú también tienes que representar tu papel. Está claro que le gustas.

Sintió rabia y asco, y retiró la mano cuando Pietro intentó tomársela para llevarla por la pasarela.

–No voy a participar en otra de tus maniobras, puedes ir olvidándote.

–Inez...

–¡No! –los sentimientos que llevaba muchísimo tiempo guardándose amenazaron con salir a la superficie–. No paras de pedirme que me entregue a posibles inversores para que puedas financiar la campaña de papá. Eres el director de su campaña, pero parece como si no pudieras hacer nada sin mi ayuda. ¿Por qué?

–Ten cuidado con lo que dices, hermana.

–Lo tendré si me muestras algún respeto –replicó ella desafiantemente.

–¿Puede saberse qué mosca te ha picado?

–Ninguna nueva, Pietro, pero necesitas que te lo diga y te lo diré. Se ha acabado. Si quieres que te acompañe a cenar con Theo Pantelides como tu hermana, lo haré. Si tienes pensada alguna artimaña, olvídala porque no me interesa.

Su hermano apretó los labios, pero ella captó cierta vergüenza en sus ojos antes de que mirara hacia otro lado.

–No tengo tiempo de discutir. Lo único que quiero, si no es mucho pedir, es que me ayudes a afianzar este trato con Pantelides porque, si perdemos su apoyo, podemos hacer las maletas y volver al rancho de las montañas.

Él avanzó por la pasarela y ella tuvo que apresurarse sobre los tablones de madera.

–Pero creía que todo se había resuelto esta mañana...

–Pantelides canceló la reunión –replicó Pietro con nerviosismo–. Dijo que había surgido algo, pero sé que es mentira. Sé que estaba aparcado delante de una cafetería y charlando con una chica cuando debería estar firmando el contrato con nosotros.

Inez se tambaleó y estuvo a punto de caerse al agua.

–¿Estás vigilándolo? –preguntó ella intentando no alterarse.

–Claro –contestó él con tanta petulancia como nerviosismo–. Además, me apostaría mi Rolex a que él también nos vigila a nosotros.

La idea de que alguien la vigilara hizo que se le pusiera la piel de gallina. Ya había aceptado, en parte, que los métodos de su padre no eran siempre legítimos, pero se le revolvieron las tripas al oír que su hermano lo reconocía. Además, si Theo Pantelides hacía lo mismo... Apretó los dientes y vio que Pietro pasaba de largo la entrada al club.

–¿No vamos a cenar ahí?

–No. Vamos a cenar en mi... en su barco.

Ella miró el yate. De cerca, era más impresionante todavía. Su línea estilizada y su refinado acabado hicieron que echara de menos su cuaderno de dibujo. Estaba tan absorta admirándolo que no vio a su dueño hasta que lo tuvo delante. Entonces, dejó de ver todo lo demás. Llevaba una camisa negra con pantalones negros y el pelo moreno peinado hacia atrás. La tenue luz que llegaba de la segunda cubierta resaltaba sus pómulos y su mentón. Sintió un arrebato de rabia porque él había captado toda su atención sin ningún esfuerzo. Él siguió mirándola mientras estrechaba la mano de Pietro y le daba la bienvenida a bordo del *Pantelides 9,* y ella no pudo apartar la mirada. Con pasos vacilantes, que ella atribuyó a que el barco se movía, subió los escalones e intentó dominar la respiración cuando él dejó de mirarla a los ojos y la miró de arriba abajo. Llegó hasta él y le tendió la mano de mala gana.

–Gracias por su invitación, señor Pantelides.

Theo estrechó su mano con una sonrisa burlona. Aunque llevaba tacones, era una cabeza más alto que ella. Mediría casi dos metros y tuvo que inclinarse un poco para susurrarle al oído.

–Qué protocolaria, *anjo*. Estoy deseando que te desinhibas y dejes de ser tan hosca.

El pulso, que se le había acelerado al sentir su mano, se desbocó al oír sus palabras.

–Observo que le parece un desafío que una mujer no caiga rendida a sus pies en cuanto la llama con el dedo, *senhor*, pero debería aprender la diferencia entre hacerse la interesante y no tener ningún interés en absoluto.

–Naturalmente, tú eres de las segundas –replicó él arqueando una ceja con aire burlón.

–Naturalmente.

Él miró a Pietro, quien había aceptado una copa de champán de un camarero y estaba admirando la lujosa cubierta con un jacuzzi. Cuando volvió a mirarla, ella se estremeció al ver un brillo gélido en sus ojos.

–Entonces, tendré que ser un poco más imaginativo –murmuró él soltándole la mano.

Inez cerró el puño. No quería que fuese más imaginativo porque tenía la desagradable sensación de que saldría escaldada. Sin embargo, no dijo nada y lo siguió por la cubierta. La decoración dorada y color crema era lo último en opulencia. Los mullidos asientos dorados permitían ver el paseo marítimo por un lado y la bahía de Río por el otro. Tomó una copa de champán mientras Pietro se reunía con ellos. Su copa ya estaba medio vacía y dio otro sorbo con ansia antes de señalar a Theo con un dedo.

–Me habría gustado que me hubieses dado la posibilidad de hacerte otra oferta por el barco.

–Tuviste muchas oportunidades, pero no conseguiste cerrar la operación –Theo apretó los dientes y se encogió de hombros–. El negocio es el negocio.

–¿Y la cancelación de nuestra reunión de hoy? –preguntó Pietro en tono crispado–. ¿También fue por negocio o por placer?

Theo la miró a los ojos e Inez contuvo al aliento preguntándose si la delataría. Se había dado cuenta de que la tenía en su poder y estaba deleitándose. Le tembló la mano levemente mientras esperaba su respuesta.

–No tengo la costumbre de comentar mis asuntos, sean de negocio o de placer, pero basta decir que lo que me impidió asistir a la reunión compensó con creces el tiempo que le dediqué.

Él le miró los pechos y las caderas con un descaro que la dejó sin respiración.

–El asunto que tenemos en común también debería haber compensado ese tiempo.

Theo la liberó por fin de su mirada cautivadora y miró a Pietro con los ojos entrecerrados.

–Por eso lo he trasladado a esta noche. Naturalmente, tu padre ha preferido no honrarnos con su presencia. Supongo que la música y el baile continúan.

Su tono fue evidentemente cortante y las alarmas atronaron con más fuerza todavía. Pietro farfulló algo en voz baja y chasqueó los dedos para que el camarero le llevara una copa llena.

–Muy bien, mañana estaremos a la hora acordada. Esperamos que nada te... distraiga.

Theo hizo una mueca que nadie llamaría una sonrisa y volvió a mirarla.

–No te preocupes, Da Costa. Pienso rematar los últimos flecos de nuestro contrato esta noche. Mañana iré a firmarlo con la certeza de que se han satisfecho todas mis condiciones.

Durante toda la cena supo que esa afirmación estaba

relacionada con ella. Theo, como anfitrión, era entretenido e, incluso, consiguió que Pietro se riera un par de veces. Sin embargo, ella no podía dejar de pensar que estaba jugando con ellos. Además, captó un par de veces cierta furia y repulsión en su rostro, sobre todo, cuando salía a relucir el nombre de su padre. Sin embargo, se olvidó de esas ideas desasosegantes en cuanto le sirvieron el más delicioso de los postres. Fuera lo que fuese lo que estaba tramando Theo, no tenía nada que ver con ella, y su padre había dirigido la empresa familiar con suficiente destreza como para que no lo estafaran. Más tranquila, tomó una cucharada de la tarta de queso con trufa de chocolate. Su leve gemido de placer hizo que él la mirara fijamente. Entonces, sintió la tentación de devolverle todo lo que se había burlado de ella. Lo miró a los ojos, sacó la cuchara lentamente entre los labios y lamió el chocolate que quedaba pegado. La voracidad oscureció sus ojos. Ella volvió a pasar la lengua por la cuchara antes de tomar otra cucharada de tarta. Él agarró la taza de café con tanta fuerza que ella creyó que iba a hacerla añicos. Sin embargo, la soltó lentamente y se dejó caer contra el respaldo de la silla sin dejar de mirarla.

–¿Te gusta el postre, *anjo*? –le preguntó en ese tono grave y ronco tan típico de él.

Le espantaba reconocerlo, pero ese apelativo cariñoso empezaba a hacerle efecto. Su forma de decirlo le abrasaba las entrañas y le aceleraba el pulso. Hacía que se preguntara cómo sonaría susurrado en un arrebato de pasión... ¡No!

–Sí, mucho –contestó ella sonriendo e intentando parecer indiferente.

–Lo tendré en cuenta la próxima vez que cenemos juntos –él sonrió por su fingimiento.

Pietro se levantó antes de que ella pudiera decirle que no iba a haber una próxima vez.

–No tuve la oportunidad de visitar mi... este barco antes de que, lamentablemente, me arrebataran la posibilidad de comprarlo. No te importará que eche una ojeada, ¿verdad?

Theo llamó al camarero y le murmuró algo. El camarero fue hasta la barra y le llevó un teléfono inalámbrico.

–En absoluto. El capitán te lo enseñará.

Un hombre de mediana edad apareció al cabo de unos minutos y acompañó a Pietro, quien se tambaleaba, hacia las escaleras. Inez lo miró alejarse con nerviosismo y compasión.

–Está bebido –comentó ella dejando la cuchara y empujando el plato.

–Lo dices como si yo tuviese la culpa –replicó él con cierta indolencia.

–¿Realmente tenía que hacerlo? –le preguntó ella mirándolo con rabia.

–¿Qué...? –preguntó él arqueando una ceja

–Este debería ser el barco de Pietro.

–Efectivamente, en condicional. Teníamos un acuerdo entre caballeros –el tono implacable volvió y ella sintió miedo otra vez–. Él no cumplió su parte del trato.

–Aun así, ¿tenía que restregárselo por las narices?

–Como dije antes, soy un empresario, *anjo*, y, en este momento, tengo un yate de diez millones de dólares que necesita un dueño. La Feria Náutica empieza la semana que viene. Me he alojado a bordo para ponerlo a punto por si aparece un comprador, si no, habríamos cenado en mi residencia de Leblon y la sensibilidad de tu hermano no habría sufrido.

–¿Va a vender el barco?

Ella arrugó la nariz con disgusto ante la posibilidad de que esa preciosa embarcación acabara en manos de un dueño nuevo y, probablemente, ostentoso. El diseño era exquisito, único... como su dueño. Por mucho que lo intentara, no podía imaginarse ese barco en manos de nadie que no fuese Theo. Ni siquiera de Pietro. El contraste entre el negro y el dorado transmitía luz y oscuridad, dos características fascinantes que había vislumbrado en Theo.

–Tengo que hacerlo. ¿Te gusta? –le preguntó él con los ojos entrecerrados.

–Sí, es... precioso.

Él la observó unos minutos antes de asentir con la cabeza.

–Podemos quedar el domingo por la tarde para dar un paseo rápido.

–Si no me equivoco, medirá unos cien metros –ella se rio–. No se saca para dar un paseo rápido.

–Entonces, daremos un paseo largo. Tengo que cerciorarme de que funciona bien. Si sigue gustándote cuando volvamos a tierra, me lo quedaré.

A ella se le paró el pulso, pero volvió a acelerarse como si fuese un tren de alta velocidad.

–¿Haría eso... por mí?

–Sí –se limitó a contestar él.

Ella se quedó perpleja y emocionada en la misma medida, aunque no quería reconocerlo.

–¿Por qué?

Él se acercó lentamente y ella tuvo que inclinar la cabeza para mirarlo a los ojos. Luz y oscuridad. Estaba sonriendo, pero ella casi podía oír el torbellino de emociones que lo dominaban por dentro. Dio un leve respingo cuando él le pasó un dedo por la mejilla.

–Porque pienso tenerte, *anjo*. Además, aunque no tengas gran cosa que decir sobre el asunto, quiero hacer algunas modificaciones para que estés contenta.

Capítulo 5

VIO que ella se debatía con lo que acababa de decir. Al revés que su hermano, no estaba bebida, casi ni había tocado la copa del exclusivo vino que había elegido para la cena.

–¿Piensa tenerme? –preguntó ella sacudiendo la cabeza con desconcierto.

Su piel satinada casi suplicaba que la acariciara. Se dejó llevar por la tentación y bajó la mano de la mejilla al mentón. Ella se apartó, pero él la siguió y le acarició la palpitación de la base del cuello, aunque contuvo las ganas de besársela. La noche anterior había aprendido dos cosas. La primera era que Benedicto da Costa seguía siendo una serpiente codiciosa que creía que podía sacarle millones de dólares a un necio incauto como él. La segunda era que Inez da Costa podía ser un elemento clave en su venganza lenta y dolorosa.

En el pasado, había tomado algunas decisiones muy oportunas al cambiar la táctica en el último momento. Con la información recién encontrada, acabaría con los Da Costa de una vez por todas y, además, sacaría un beneficio considerable. Tuvo que hacer un esfuerzo para no sonreír cuando miró a Inez. Era increíblemente hermosa y tenía una boca que pedía a gritos que la besara.

–Señor Pantelides...

–Theo –le interrumpió él con un murmullo.

Ella resopló con desesperación.

–Theo, explícate.

Sintió una oleada de placer al oír su nombre dicho por ella. Dejó escapar un improperio para sus adentros y bajó la mano. El placer no cabía en la misión que tenía que cumplir allí. Sus objetivos eran la venganza, la humillación despiadada y la reparación.

—Está muy claro, *anjo*. Mientras esté en Río, espero que estés a mi alcance día y noche.

Ella se rio con sinceridad, pero volvió a ponerse seria cuando él no se rio.

—Lo siento, pero creo que me has confundido con algún tipo de mujer que debes de encontrarte en tus viajes.

Theo dejó el insulto a un lado. Le había dicho al capitán que se lo tomase con calma, pero ni su fiel empleado podría retener a Pietro indefinidamente y tenía que avanzar en esa parte de su estrategia para alcanzar el objetivo final.

—Esta mañana debería haber firmado los documentos que garantizaban los fondos para la campaña de tu padre, pero no me presenté. ¿No tienes curiosidad por saber el motivo?

Sus ojos marrones reflejaron cierto desconcierto, pero ella encogió los sedosos hombros.

—Tus asuntos con mi padre no son de mi incumbencia.

—Te da igual de dónde llegue el dinero siempre que puedas seguir llevando el estilo de vida al que estás acostumbrada, ¿no?

Ella abrió los ojos como platos por la acritud de su tono.

—Es posible que creas que me conoces, pero te aseguro que estás muy equivocado...

—¿De verdad? A mí me parece muy evidente que te emplea como señuelo para que algunos necios débiles y pusilánimes suelten dinero.

Ella se quedó boquiabierta y lo miró con una indignación que parecía muy sincera. Él se habría creído su reacción si no la hubiese visto en acción la noche anterior con Delgado.

–Si quieres ser hiriente para demostrar tu hombría, bravo, lo has conseguido.

Ella se dio media vuelta, pero él le agarró la muñeca antes de que pudiera dar un paso.

–Suéltame.

–Todavía tengo que esbozarte mis planes, *anjo*.

–Creo que ya has esbozado bastante. Voy a buscar a Pietro y luego nos marcharemos.

Ella intentó soltarse, pero la tenía agarrada con tanta fuerza que podía notar el pulso que le palpitaba con furia, con pasión. Sintió una punzada en las entrañas, pero hizo un esfuerzo para pasar por alto la erección incipiente.

–No vas a marcharte hasta que hayamos hablado.

–No estamos hablando. Estás apresándome, torturándome con...

Ella se calló al oír su siseo de furia y al notar que se quedaba rígido un segundo. Theo la soltó, se dio media vuelta, se pasó una mano entre el pelo y vio que le temblaban los dedos.

–The... Theo...

Él oyó su nombre como si llegara de muy lejos y con cierto tono de perplejidad y preocupación. Intentó respirar, pero esas palabras le retumbaban en la cabeza. Preso, tortura, oscuridad...

Notó una mano en el hombro y se dio la vuelta de un salto.

–¡No lo hagas!

Ella retiró la mano y retrocedió. Él tardó unos segundos en acordarse de dónde estaba. No estaba en un agujero profundo y oscuro en una finca remota de España. Estaba en Río con la hija del hombre que seguía provocándole las mismas pesadillas.

–¿Qué... qué te pasa? –preguntó ella con el ceño fruncido por la cautela.

Él tomó aire y apretó los dientes.

–Nada. Iré al grano. El acuerdo era que me haría con el control de Da Costa Holdings y el cincuenta por ciento de los beneficios a cambio de fondos para financiar la campaña política de tu padre. Sin embargo, los documentos que ha redactado tu padre tienen un resquicio legal que podría aprovechar fácilmente.

El pánico fue disipándose lentamente y se dio cuenta de que ella estaba frotándose la muñeca distraídamente. Él repasó su reacción al contacto con ella y suspiró aliviado al saber que no la había agarrado presa del pánico. Ella siguió frotándose la piel y él recibió con agrado la incipiente erección, aunque no pensaba caer en las tretas de Inez da Costa por muy apetecible que fuese su cuerpo.

–¿No deberías decírselo a mi padre para que pudiera enmendarlos antes de firmarlos?

–¿Por qué? –preguntó él sonriendo por su ingenuidad–. Salgo ganando si firmo el contrato como está redactado.

–Entonces, ¿por qué me lo cuentas? Puedo decírselo yo en cuanto me marche de aquí.

–No lo harás.

–Creo que me infravaloras –replicó ella arqueando una ceja.

Él fue hasta la barra y se sirvió un vasito de vodka.

–No lo harás porque, si lo haces, no firmaré el contrato y se esfumará el respaldo económico.

–Estás intentando chantajearme, ¿por qué?

–El motivo no debe preocuparte. Solo quiero que sepas que hay un resquicio que podría aprovechar o no según tu colaboración.

–Sin embargo, ¿qué iba a impedirte seguir con lo que tienes planeado después de que haya colaborado con...? ¿Qué es exactamente lo que quieres de mí?

–Esa es la parte sencilla, *anjo*. Quiero tenerte hasta que me canse de ti. Entonces, te dejaré libre.

Se quedó helada, a pesar del calor, cuando entendió el significado exacto de sus palabras. Lo había dicho con toda naturalidad, como si la respuesta de ella le diera igual. Lo había planeado todo. El encuentro de esa mañana en la cafetería, la invitación a cenar aunque probablemente sabía que su padre no podría asistir porque tenía la cena mensual con el ministro de Petróleo, la invitación al yate que haría que su hermano bebiera demasiado y que los dejaría solos...

–Lo has planeado –le reprochó ella con la voz ronca por la ira.

–Lo planeo todo, Inez.

Lo miró y la decisión implacable que vio en su rostro hizo que se estremeciera. Fue a hablar y su boca tembló. Él miró esa reacción que la delataba y ella apretó los labios. Si mostraba debilidad, la devoraría. Aunque iba a devorarla en cualquier caso. Estuvo a punto de dejarse llevar por la histeria, pero trago saliva y lo miró a los ojos.

–¿Quieres que sea tu amante?

–¿Así te llamarías a ti misma? –preguntó él riéndose con ganas.

–¿Cómo quieres que llame a lo que acabas de exigirme, a eso de tenerme? ¿Prefieres llamarme «tu juguete»?

–No, Inez, no quiero jugar contigo, lo que tengo pensado para nosotros es más... adulto.

Inez, en vez de sentirse ofendida o escandalizada, se sintió excitada y sin aliento. ¡No!

–Sí –murmuró él como si le hubiese leído el pensamiento.

–Lo llames como lo llames, no voy a participar. Voy a buscar a mi hermano...

Él se dejó caer en el mullido asiento y cruzó las piernas.

–Dile que has frustrado sus esperanzas de ocupar un cargo en el gobierno de tu padre porque no quieres sacrificarte un poco. Creo que no puedes permitirte rechazar nada de lo que pido, *anjo*.

–¡Deja de llamarme así! Además, no pienso ser una marioneta en tus asuntos con mi padre y mi hermano. Pietro ya lo sabe.

–¿Desde cuándo? ¿Acaso no dejaste la universidad para participar en la campaña de tu padre? Evidentemente, tienes un papel en las aspiraciones políticas de tu padre o no habrías intentado desplumar al pobre Alfonso. ¿Por qué ibas a dejarlo ahora, cuando estás tan cerca de lograr tu propósito? ¿Por qué hablas de inocencia cuando ya lo has hecho antes?

El dolor la atravesó como una daga y miró desde arriba ese rostro arrogante y sonriente.

–Nunca quise ser esa persona que crees que soy. Solo intentaba ayudar a mi familia. Me equivoqué al valorar la situación y...

–Te enamoraste de tu objetivo.

–No sé a dónde quieres llegar.

–Te marcaron un objetivo y te enamoraste de él. ¿No es eso lo que pasó con Blanco?

–¿Sabes lo de Constantine? –preguntó ella mareándose.

–Sé todo lo que tengo que saber sobre tu familia, *anjo*, pero aclárame por qué crees que te he juzgado tan mal.

–Cometí un error y lo hice voluntariamente.

–¿Qué error, querida? Me gustaría oírlo.

–Creí que podía confiar en un hombre y me equivoqué.

–¿Quieres decir que intentaste utilizarlo pero descubriste que él también quería utilizarte a ti? –se burló él–. Algunos dirían que te pagó con la misma moneda.

A ella se le revolvió el estómago al acordarse de la humillación pública, de las cosas que le llamó Constantine en los periódicos.

–Eres despreciable. Además, en el supuesto de que tuvieses razón, ¿no sería una necia si repitiera el mismo error?

–No –contestó él mirándola con seriedad–. Ahora sabes lo que buscas. Ninguno va a hacerse ilusiones ni va a fingir. Solo será una tarea realizada con eficiencia.

–Pero ¿piensas pasearme como a tu... querida? ¿Qué pensará todo el mundo?

–A mí me da igual y no creo que a ti te importe mucho.

–Claro que me importa –ella se estremeció–. ¿Qué te hace pensar que no me importa?

–Eres la envidia de una legión de jovencitas frívolas de Río que están deseando crecer para ser como tú –contestó él con una sorna evidente.

–Eso solo es lo que dice la prensa más incontrolada –replicó ella sonrojándose.

–Cuidadosamente estimulada por ti para servir a los intereses de tu padre. Siempre se te ve acompañada por hijos de ministros o empresarios. Eres la atracción para captar a los votantes jóvenes, ¿o no?

Ella no podía negarlo ni quería perder más tiempo sin discutir la exigencia que él le hacía y que ella no podía aceptar. Sin embargo, él transmitía un convencimiento que hacía que se le pusieran los pelos de punta.

–¿Qué pasaría si rechazara esa propuesta... inaceptable?

–Firmaría el contrato y haría lo que quisiera con la empresa. Podría desmantelarla y venderla por partes sacando un beneficio considerable o podría hacer que bajara el precio de sus acciones y ver cómo revienta. Sin embargo, eso son negocios muy aburridos. ¿Qué te importa?

–Me importa porque mi abuelo levantó esa empresa de la nada –contestó ella con rabia.

–Pero tu padre está dispuesto a dársela a un desconocido para avanzar en su carrera política.

Ella apretó los labios. Se había quedado muy preocupada cuando se enteró de lo que iba a hacer su padre para conseguir fondos para la campaña. Sin embargo, le aseguraron que las cláusulas blindaban la empresa, unas cláusulas que, según Theo, tenían resquicios. Quizá no fuese demasiado tarde. Podía decirle que se fuese al infierno y avisar a su padre y su hermano del peligro que representaba ese socio.

–Si estás pensando en avisar a tu familia, yo me lo pensaría mejor –le advirtió él con un brillo depredador en los ojos–. ¿Te acuerdas de lo fácilmente que me deshice de Delgado?

Ella se puso rígida al acordarse de que había desaparecido solo porque le había susurrado algo.

–No lo dices en serio –contestó ella con poco convencimiento.

Él se levantó y ella estuvo a punto de retroceder, pero no se movió.

–¿Quieres ponerme a prueba, *anjo*?

Ella sintió un escalofrío por la frialdad de su tono y tuvo que hacer un esfuerzo para respirar.

–¿Qué esperas que haga?

–Mañana les dirás a tu padre y a tu hermano que... en nuestro encuentro de hoy brotó una chispa tan ardiente que no pudimos separarnos.

–Si eso es todo lo que quieres, creo que puedo convencerlos...

–Después –le interrumpió él–, harás las maletas y te mudarás a vivir conmigo.

–¿Lo dices en serio? –preguntó ella tambaleándose por el asombro.

Él le agarró la barbilla y le clavó la mirada en los ojos.

–Nunca he dicho nada más en serio.

–Pero... ¿por qué?

–Mis motivos son solo míos. Tú tienes que limitarte a hacer lo que te digan.

«Hacer lo que te digan». Constantine había intentado chantajearla con esas mismas palabras y, cuando ella se negó, él empezó a difundir rumores sobre ella por los periódicos. La rabia se adueñó de ella, pero era una rabia inútil porque no podía hacer nada. Estaba atrapada por intentar hacer lo que tenía que hacer por su familia, y esa vez iba a pagar de verdad con su cuerpo, en la cama de un desconocido. Miró el cuerpo de Theo, un cuerpo que pronto conocería de una forma abrasadora. Sin embargo, no sintió el espanto que había esperado sentir.

–¿Hasta cuándo tendré que hacer lo que me digan? –preguntó ella en tono cortante.

–Hasta después de las elecciones.

–Pero... Pero... faltan tres meses para las elecciones –balbució ella con espanto.

–Efectivamente.

–¿Efectivamente? ¿Esperas que paralice mi vida durante tres meses sin más?

–¿Quieres que te repita que no tienes alternativa? –preguntó él arqueando una ceja.

Ella miró su rostro como si quisiera encontrar un significado a sus pretensiones.

–¿Qué ha hecho mi padre? ¿Te ha malogrado una operación? ¿Ha hablado mal de ti a unos inversores? No entiendo por qué intentas recuperar algo de esta manera.

Él la miró sin el más mínimo brillo burlón en los ojos, pero ella supo que no estaba viéndola. La intensidad de su mirada se apagó unos segundos y apretó los dientes con tanta fuerza que ella creyó que iba a rompérselos. Fuera lo que fuese lo que estaba reviviendo, resopló con una furia tan volcánica que esa vez sí retrocedió.

Se oyeron voces en la cubierta inferior. Pietro y el capitán volverían enseguida. Ella no supo si alegrarse o si lamentar que le estropearan la ocasión de descubrir los motivos que tenía Theo para exigir que se acostara con él.

–Ha llegado el momento de que contestes. ¿Aceptas mis condiciones?

–No, hasta que me digas... qué te propones.

Una mano enorme la agarró de la cintura y la otra se introdujo entre su pelo. La furia seguía reflejándose en sus ojos y ella sintió otro escalofrío a pesar de la calidez de su cuerpo.

–Al parecer, crees que puedes librarte de esto con palabras o preguntas. No puedes, *anjo*, pero quizá haya sido un error esperar un acuerdo verbal. ¿Sería mejor una demostración física?

–No...

–¡Sí! –exclamó él con rabia antes de devorarle la boca.

Ya la habían besado algunos novios esporádicos que tuvo de jovencita y Constantine, antes de que mostrara sus despiadadas intenciones. Sin embargo, nada la había preparado para esa intensidad y pericia. El mundo se abría bajo sus pies mientras la lengua de él se abría paso entre sus labios. Invadía su boca con una pasión abrasadora, erótica e incontenible. Dejó escapar un sonido que era una mezcla de sorpresa y anhelo, y él la estrechó más contra su cuerpo fibroso. Se derritió entre los muslos y los pezones se le endurecieron a tal velocidad que se mareó. Levantó las manos al sentir que su mundo daba un vuelco. Palpó sus músculos pétreos y la necesidad de acariciarlos se apoderó de ella. Antes de que pudiera planteárselo, recorrió sus hombros y le tomó la nuca. Sintió un cosquilleo en los dedos al tocar la piel, pero él se apartó y la miró con la respiración entrecortada. Sus ojos tenían un brillo dorado de voracidad y ella se quedó sin la poca respiración que le quedaba. Entonces, él bajó la mirada a sus labios separados, dejó escapar un sonido ronco y volvió a besarla más posesivamente que antes. Ella lo agarró del pelo presa de una excitación desconocida hasta ese momento. Esa vez, cuando él introdujo la lengua, ella la recibió con agrado e intentó corresponder en la misma medida, aunque sabía que le faltaba la experiencia. La mano que tenía alrededor de la cintura la levantó y, unos segundos después, se encontró sentada en un taburete de la barra con las piernas separadas y Theo entre los muslos. Se agarró al mostrador para no caerse, Theo gruñó y le tomó los pechos con las manos. La doblegaba y la excitaba con tanta destreza que gimió y se arqueó cuando sus pulgares le acariciaron los pezones erectos. El estremecimiento de placer hizo que él lo repitiera hasta que ella dejó escapar un leve grito desde lo más profundo de su ser.

–¡Inez!

El grito fue como un jarro de agua gélida e intentó soltarse de Theo, pero las manos que tenía en los pechos la agarraron de la cintura después de haber oído la exclamación de Pietro.

–¿Puede saberse qué estás haciendo? –bramó Pietro, quien ya no parecía tan bebido como antes.

–Si hay que explicártelo, Da Costa, empiezo a preguntarme con quién voy a asociarme.

Su hermano se congestionó por la furia.

–No hablaba contigo, Pantelides, pero es posible que tenga que preguntarte qué haces sobando a mi hermana como un animal enloquecido.

Inez intentó bajarse el vestido por todos los medios, pero Theo estaba entre sus muslos y hacía que fuese imposible. Su lamento hizo que él dejara de fijarse en Pietro. La miró fijamente un segundo antes de retirarse para que pudiera cerrar las piernas y bajarse el vestido, pero no le soltó la cintura, sino que se la agarró tan posesivamente que a ella le costó respirar.

–Inez iba a decírselo mañana, pero me parece que este momento es tan bueno como cualquiera.

–¿Qué ibas a decirme? –preguntó Pietro mirando a su hermana.

–¿Quieres decírselo tú, *anjo*, o prefieres que lo haga yo? –le preguntó Theo con delicadeza.

A ella se le aceleró el corazón, pero no por la excitación que la abrasaba por dentro. Había captado la advertencia y, si no hacía lo que él le había exigido, sería la ruina de su familia. Abrió la boca, volvió a cerrarla y tragó saliva. Una sombra de miedo nubló el rostro de Pietro. A pesar de la relación tensa que tenían, hubo un momento en el pasado en el que estuvieron muy unidos. Ella sabía lo mucho que significaba para él tener una carrera política propia y que había depositado muchas esperanzas en que la campaña política de su padre pudiera implicar algo para él. Volvió a intentar decir lo que Theo le había exigido que dijera, pero no podía.

–¿Podría decirme alguien de una vez lo que está pasando?

Esos ojos color avellana la miraron tan posesiva e implacablemente que se quedó sin aliento. Theo le pasó un brazo por los hombros con un gesto de cariño tan convincente que ella se tambaleó. Estaba intentando asimilar eso, y que el beso que se habían dado solo había sido un ejercicio de seducción sin contemplaciones por parte de él, cuando Theo habló.

–Tu hermana y yo... nos hemos enamorado. Nos conocimos anoche, pero no puedo estar sin ella.

Él lo dijo sin rastro del tono burlón de antes y ella se quedó atónita por su habilidad. La miró y ella captó la firmeza inflexible de sus ojos.

–Mañana, se marchara de su casa y se mudará a la mía –añadió Theo con un gesto férreo.

Capítulo 6

¡NI LO sueñes!

Pietro lo repitió por enésima vez mientras el coche conducido por un chófer se detenía delante de la lujosa casa de Ipanema. Ella se bajó del coche y subió apresuradamente los escalones.

—¿Me has oído? —peguntó su hermano pisándole los talones.

—Te he oído, pero te olvidas de que ya no soy una niña. Tengo veinticuatro años y puedo hacer lo que quiera.

—Escucha. Es posible te haya presionado para que participes demasiado en la recaudación de fondos para la campaña de papá, pero creo que irte a vivir con Pantelides no es una buena idea.

A ella se le encogió el corazón por la preocupación de su hermano, pero no podía tranquilizarlo porque tampoco sabía qué le deparaba al futuro.

—Te agradezco que te preocupes, pero, como ya te he dicho, soy una mujer adulta.

Entraron en el enorme vestíbulo de la villa y él se detuvo.

—¿De verdad estás enamorada de él? Ya sé que lo que vi en su barco es muy elocuente, pero lo conociste anoche.

—Tampoco conocía a Alfonso Delgado y tú esperabas que lo encandilara.

—¡Encandilarlo no es irte a vivir con él!

—No tiene sentido discutirlo. Ya he tomado la decisión. Además, ya había pensado marcharme cuando papá y tú hubieseis empezado la campaña.

–¿Marcharte? ¿Adónde? Esta es tu casa, Inez.

–Mi mundo no empieza y acaba en esta casa, Pietro. Iba a alquilarme un piso y a buscar un empleo.

–Entonces, no empieces echándote a perder con Pantelides.

–Mi reputación ya está por los suelos después de Constantine. No tengo nada que perder.

Ella se dio la vuelta y se dirigió hacia la escalinata que llevaba al piso superior de la villa mientras oía que Pietro seguía yendo de un lado al otro del vestíbulo.

–No tiene ningún sentido, Inez. Es posible que recuperes la sensatez cuando hayas descansado.

Ella no contestó porque no podía decirle que ya sabía con toda certeza que las exigencias de Theo eran reales. Se había tomado muchas molestias para concertar la cena de esa noche y sería una necia si lo provocaba para comprobar si cumpliría su amenaza.

Se desvistió y se metió en la ducha con el corazón acelerado. Se enjabonó el cuerpo y empezó a recordar el beso. Nunca había sentido nada parecido a ese delirio desbordante. Se llevó los dedos a los labios y sintió un hormigueo al recordarlo. Al día siguiente, acudiría a la guarida del león para que la devorara en aras de su familia. Dejó escapar una risa histérica. Pietro, por fin, había dado muestras de ser el hermano que recordaba que era antes de que muriera su madre. Lamentablemente, ella tenía que sacrificarse antes de que él pudiera cambiar de opinión. En cuanto a su padre... La tristeza se adueñó de ella porque sabía que, probablemente, no movería un dedo aunque se enterara de su sacrificio.

Theo miró el teléfono por enésima vez en veinte minutos y soltó un improperio. Había llamado a Inez esa mañana y habían quedado a las once, dos horas antes de que fuera a firmar los documentos al despacho de su padre. Eran las once y veinticinco y no había ni rastro de ella. Seguramente, estaría metida en un atasco de tráfico o se habría retrasado. Tenía que hacer el equipaje para tres meses y, además, las mujeres siempre se retrasaban. Su madre nunca había llegado puntual a nada en su vida. Su madre...

El recuerdo lo golpeó con tal fuerza que lo dejó sin respiración. Su madre nunca había estado cerca, ni antes ni después de que los sicarios de Benedicto da Costa lo secuestraran para pedir un rescate. Preguntó por su madre durante semanas después de que volviera a casa destrozado por el suplicio. Ari le dio distintas excusas, pero él no pudo entender que su madre, quien lo había tratado como si fuese el centro de su universo, no pudiera ni descolgar un teléfono para preguntar por su hijo traumatizado física y mentalmente. No. Ella había estado demasiado ocupada regodeándose en su propia desdicha por la traición de su marido como para preocuparse por su hijo. Ari había sido quien los había mantenido unidos después de que la prensa hiciera añicos a la familia al desvelar las muchas operaciones turbias y la vida disipada de su padre. Durante mucho tiempo, llegó a pensar que, de los tres hijos, él era el favorito de sus padres porque era ese hijo milagroso que ellos nunca habían pensado que tendrían. Su secuestro y lo que había sabido desde entonces le habían abierto los ojos a la realidad más cruda. Descubrió que su padre conocía las amenazas de Benedicto da Costa y que, aun así, no había hecho nada para protegerlo. Además, la reacción de su madre a todo ello había sido abandonar a sus tres hijos y recluirse. Cuando se enteró de la muerte de su padre, solo sintió rabia porque le habían privado de la posibilidad de mirarlo a los ojos para ver si era ese monstruo. Incluso en ese momento, una parte de él se aferraba a la idea de que su padre quizá no hubiese sabido hasta dónde llegaban las amenazas de secuestro, que quizá no hubiese sabido que Benedicto da Costa iba a secuestrar a un chico de diecisiete años porque le habían desbaratado una operación empresarial y que mandaría fotos del muchacho torturado para que su familia reuniera los millones de dólares que se le debían.

Sonó el teléfono y lo sacó de los amargos recuerdos. Miró el número y sintió un arrebato de furia incontenible. Hizo un esfuerzo y esperó unos segundos antes de contestar.

—Pantelides, dígame...

—*Bom dia*. Acabo de tener una conversación muy interesante con mi hija —Theo captó la ira en la voz de Benedicto da Costa y esbozó una sonrisa sombría—. Parece decidida a seguir con esa repentina... situación que lo atañe.

—Tu hija me parece una mujer muy resuelta que sabe lo que quiere —replicó él sin alterarse.

—Lo es. Aun así, sigue pareciéndome que es una decisión algo precipitada —insistió Benedicto.

—Benedicto, te aseguro que yo, por mi parte, lo he meditado muy bien. ¿Ha salido ya?

—Sí. Se ha marchado de casa contra mi voluntad.

Una oleada de satisfacción se adueñó de Theo.

—Perfecto. Esperaré su llegada.

—Espero que esto no retrase nuestra reunión —replicó el otro hombre con recelo.

—No te preocupes. Me dirigiré a tus oficinas en cuanto haya recibido a tu hija en mi casa.

Se hizo un silencio y Theo se dio cuenta de que estaba sopesando sus palabras para captar si contenían alguna amenaza.

—Deberíamos celebrar nuestra alianza cuando hayamos firmado los documentos.

Theo hizo una mueca. Benedicto había dejado de hablar de su hija sin amenazarlo para que la tratara bien. Sin embargo, se conformaba con saber que Benedicto se había opuesto enérgicamente a las intenciones de Inez y que lo había llamado para decírselo.

—Buena idea, pero las próximas noches voy a estar muy ocupado. Es posible que la semana que viene Inez y yo podamos invitaros, a Pietro y a ti, a cenar.

Theo sonrió de oreja a oreja por el resoplido de rabia que oyó.

—Claro, esperaré impaciente. *Até a próxima* —se despidió Benedicto entre dientes.

Theo cortó la llamada sin decir nada y se deleitó un segundo con el placer que le recorría las venas. Su plan no estaba consumado, pero había empezado bien. Miró por el ventanal que daba a la piscina y a la playa e intentó olvidarse de las imágenes y del grito que lo habían despertado la noche anterior. Se estremeció y se pasó una mano por el pelo. Aunque había aceptado que las pesadillas eran parte de su existencia desde hacía mucho tiempo, aborrecía la impotencia que sentía cuando lo atrapaban. La única sesión de psicoanálisis a la que acudió, convencido por Ari, le habló de desencadenantes y de la importancia de encontrar detectores de la ansiedad. Se rio. Ponerse al alcance del hombre responsable de esas pesadillas se consideraría irreflexivo en el mejor de los casos. Él prefería pensar que se curaría vengándose, con el ojo por ojo. Si tenía que sufrir algunos efectos secundarios entretanto, mala suerte.

Sonó el intercomunicador de seguridad y se puso en tensión. Cruzó la habitación y lo descolgó.

—Señor, una tal señorita Da Costa quiere verlo.

—Déjela pasar.

Fue a la puerta principal y salió al camino de entrada. Se puso en jarras y observó el diminuto deportivo verde que se acercaba por el largo camino. Iba descapotado y el viento agitaba su pelo moreno y tupido.

Unas elegantes gafas de sol le ocultaban los ojos, pero él sabía que también estaba observándolo. Detuvo el coche a unos metros de él y apagó el motor.

–Llegas tarde.

–He tardado un poco en soltar amarras de la única casa que he conocido –replicó ella en tono cortante.

Ella abrió el maletero pulsando un botón. Él se acercó, miró dentro y entrecerró los ojos.

–Sin embargo, solo has traído dos maletas para pasar tres meses –comentó él en tono sombrío–. Espero que no creas que vas a ir a casa de papá cada vez que necesites un cepillo de dientes.

Ella se bajó del coche y lo miró con el ceño fruncido.

–Puedo comprarme los cepillos de dientes, gracias.

–Me alegro de oírlo.

Él no pudo evitar mirarla de arriba abajo. Unos vaqueros desteñidos se ceñían a sus caderas y la camiseta de seda color crema le dejaba los brazos a la vista. Además, era un poco corta y pudo vislumbrar parte de su bronceado y suave abdomen cuando se dio la vuelta para cerrar la puerta. Las entrañas se le pusieron en tensión y volvió a recordar el beso de la noche anterior. El beso lo había desbaratado y casi había perdido el dominio de sí mismo cuando su hermano apareció súbitamente. Había sido tan receptiva, tan embriagadoramente apasionada, que se le había subido a la cabeza en cuestión de segundos. Lo que había empezado como una forma de dejarle muy claro que hablaba en serio, se convirtió enseguida en algo más. Afortunadamente, había recuperado el juicio y, en adelante, pensaba centrarse en su plan y en nada más.

Ella fue al maletero y se inclinó para recoger una maleta. La redondez de su trasero hizo que una vena le palpitara en la sien. Se acercó, agarró las maletas y se las entregó el mayordomo.

–Estoy retrasándome para la reunión. Deberíamos haber hecho esto anoche, como propuse.

Lo había intentado, pero ella se había mantenido en sus trece y él decidió que no tenía sentido meterse en una discusión con Pietro da Costa.

–Ya he llegado. No quiero impedir que se marche si le apetece.

–¿Qué anfitrión sería si me marcho justo cuando acabas de llegar? –preguntó él con ironía.

–El mismo que me chantajeó para traerme aquí –contestó ella con una rabia que lo irritó.

–Sería mucho más fácil que aceptaras las cosas como son.

–¿Se refiere a que cierre el pico y haga lo que me digan? –preguntó ella después de cerrar el maletero y mientras se acercaba a él.

–No. Puedes protestar todo lo que quieras. Solo quiero que te des cuenta de lo inútil que es.

Ella resopló y él sonrió. Tenía genio y sacaba las uñas cuando la acorralaban. Lo cual, hizo que se preguntara por qué soportaba el control irracional de su padre. Fueron a la casa, la puerta de cristal se cerró detrás de ellos y observó la reacción de ella. Era una obra maestra de la arquitectura que había salido en muchas de las revistas más importantes antes de que él la comprara hacía un año.

–Vaya. Esta casa ha debido de costarle un ojo de la cara.

Ya tenía la respuesta y la decepción se adueñó de él mientras la observaba dirigirse hacia la escultura de bronce que compró unas semanas antes.

–Vi la exposición hace dos meses y esta obra vale medio millón –comentó ella con asombro–. Aquella... –ella señaló a una escultura más pequeña– es una obra exclusiva que vale más de dos millones de dólares.

–¿Debería preocuparme que sepas el valor monetario de cada obra de arte que hay en mi casa?

–¿Cómo dice? –preguntó ella dándose la vuelta para mirarlo.

–Espero que podamos hablar de algo que no sea lo que valen las cosas. La avaricia me parece un tema... de mal gusto.

Ella se quedó boquiabierta y pareció sinceramente herida.

–Yo... Yo no... Eso que ha dicho es espantoso, señor Pantelides.

–Creía que anoche había eliminado los formalismos con un beso –replicó él arqueando una ceja.

Ella se sonrojó y dejó de mirarlo antes de darse la vuelta para seguir viendo la habitación. Entonces, él se fijó en los leves moratones que tenía en el brazo izquierdo. Se lo agarró y se lo levantó antes de que pudiera pensar lo que estaba haciendo.

–¿Quién te ha hecho esto?

–Yo... Da igual, no es nada –contestó ella sonrojándose más y sacudiendo la cabeza.

–No da igual.

La idea de que sus exigencias hubiesen podido hacerle eso hizo que se le revolvieran las tripas.

–Dime quién ha sido –insistió él mirándola fijamente.

–Mi padre –contestó ella después de tragar saliva.

La furia le nubló la vista durante unos segundos.

–¿Tu padre te ha hecho esto?

Ella asintió con la cabeza, pero a él no podía extrañarle.

–¿Te había hecho algo parecido antes?

Ella apretó los labios para no contestar, pero él le agarró la barbilla y la obligó a mirarlo.

–Una vez. Quizá, dos

Él dejó escapar un improperio que hizo que ella se estremeciera. Volvió a mirar las señales y sofocó la furia creciente.

–Ese hijo de perra no volverá a tocarte.

–Ese hijo de perra es mi padre. Tiene lo que quería y espero que cumpla su parte del trato.

–¿Por qué lo toleras, Inez? –él frunció el ceño con perplejidad y la miró a los ojos–. Eres lo bastante mayor para vivir por tu cuenta. Si lo que anhelas es dinero y una vida lujosa, tienes recursos de sobra para encontrar un hombre rico que...

Ella se soltó el brazo y él se dio cuenta de que había estado acariciándole la piel con el pulgar.

–Espero sinceramente que no vaya a insinuar lo que creo que va a insinuar.

–Tengo curiosidad, nada más –replicó él con impotencia.

–No estoy aquí para satisfacer su curiosidad. Además, es posible que haya sido tan afortunado que ha tenido una familia perfecta, pero no todo el mundo ha tenido ese lujo. Nos apañamos con lo que... ¿He dicho algo gracioso?

Él dominó la risa amarga que le había brotado al oírla.

–Sí. Eres muy graciosa. Evidentemente, no sabes de lo que estás hablando.

–No, pero ¿cómo voy a saberlo? Nos conocimos hace dos noches y ahora estoy aquí, soy su posesión para el futuro inmediato.

Esa declaración fue como una descarga eléctrica entre los dos. El brillo de sus ojos indicaba que estaba desafiándolo a que reaccionara, pero el torbellino de emociones que le oprimía el pecho se lo impedía. No debería haberla visto tan pronto después de haber hablado con Benedicto, debería haber dejado que Teresa, su ama de llaves, se ocupase de ella.

–Te acompañaré arriba. Después, tengo que marcharme.

Salió al vestíbulo y empezó a subir la escalera, pero se dio cuenta de que ella no lo seguía. Se dio la vuelta y la vio mirando con extrañeza el cristal que la rodeaba.

–¿Qué pasa?

–No hay ni paredes ni techos de cemento –contestó ella sin dejar de mirar alrededor.

–No me gustan las paredes y los techos –le explicó él subiendo las escaleras otra vez.

Ella se apresuró y lo alcanzó cuando se acercaba a una habitación. Lo miró unos segundos y se mordió el labio inferior. Él se quedó agarrando el pomo de la puerta.

–¿Qué pasa? –volvió a preguntar él.

–No sé si tomármelo como una metáfora o no.

–*Anjo*, no lo digo con doble sentido. No me gustan las paredes y los techos de cemento.

–No lo entiendo –replicó ella con el ceño fruncido.

–Es muy sencillo. No me gusta estar enclaustrado.

–¿Tiene... claustrofobia?

–Todos tenemos nuestros fallos –contestó él encogiéndose de hombros.

–¿Es de nacimiento?

–No –él apretó los dientes–. Fue por una situación en la que me vi metido contra mi voluntad.

–Pero... parece...

–¿Invencible? –se burló él.

–Iba a decir seguro de sí mismo.

–Las apariencias pueden engañar, querida. Detrás de ti.

Theo abrió la puerta y ella se quedó inmóvil en medio de la habitación. Él podía ver lo mismo que ella. Las paredes eran de cristal y la moqueta y los muebles blancos. No se veía nada más que el cielo azul y el mar. La vista era impresionante.

–Dios, me siento como si estuviera flotando en una nube –murmuró ella.

–Es el objetivo principal de la casa. La luz, el aire, la ausencia de barreras.

Él había aprendido de la peor manera posible que las

barreras le desencadenaban la ansiedad y las pesadillas. Por eso, todas las casas que tenía estaban llenas de luz.

–Es precioso.

Él retrocedió por el arrebato de placer. Las cosas estaban escapándosele de las manos. Tenía que marcharse para reunirse con Benedicto y recordar para qué estaba en Río. Tenía que acabar con esa necesidad de deleitarse con la presencia de Inez, de tocar su piel, de volver a paladear sus labios sensuales. Tenía que atenerse a lo planeado.

–Siéntete como en tu casa. Volveré más tarde. Esta noche vamos a cenar al Cabana de Ouro y luego iremos a algún club. Ponte algo corto y sexy.

Ella se quedó atónita por el tono tajante, pero él ya se había marchado y no se detuvo hasta el descansillo. Sin poder evitarlo, miró por encima del hombro y la vio, a través de las paredes de cristal, petrificada en medio de la suite y con los ojos clavados en él. Parecía perdida, desorientada y un poco aliviada. Se dio la vuelta y bajó las escaleras detestándose porque necesitaba recordarse que Benedicto da Costa no solo le había hecho daño a él, sino a toda su familia, y lo pagaría en la misma medida.

Los pantalones cortos de satén negro que se había puesto eran elegantes y sexys. Le resaltaban el trasero más de lo que estaba acostumbrada, pero todo lo demás que había llevado era demasiado formal para cenar en Cabana de Ouro, el restaurante de moda de Ipanema. Además, con el top de seda dorado, el pelo recogido, los aros de oro y las pulseras, no desentonaría en ningún club al que Theo pudiera llevarla después de la cena. Ir a un club no era la diversión que más le gustaba, pero como Theo esperaba que obedeciera sus órdenes durante las próximas doce semanas, prefería elegir las batallas que iba a librar. Esa mañana ya había librado una y se había enterado de que tenía claustrofobia. Aunque él también había tenido razón. Se lo había imaginado invencible. Tenía una autoridad innata y una seguridad en sí mismo que hacían que se lo imaginara saliendo victorioso de cualquier situación. Sin embargo, la dejó anonadada cuando reconoció un defecto del que se avergonzaría casi cualquier adulto. Si a eso se añadía su preocupación cuando vio las señales que le había dejado su padre cuando le comunicó que se iba a vivir con Theo, la incertidumbre que se había apoderado de ella cuando se quedó sola había sido mayúscula. Se miró las señales y vio que estaban borrándose. Estaba poniéndose la cazadora de cuero cuando oyó el Aston Martin de Theo. Los dedos le temblaron mientras se ataba en la nuca la cadena de oro con un medallón. Él se había marchado tan repentinamente esa mañana que no le había dado tiempo para preguntarle cómo iban a dormir. Después de que él se marchara, había recorrido la suite con todo detenimiento y no había encontrado rastro de otro ocupante y, además, Teresa, el ama de llaves, le había dicho que la suite del *senhor* estaba justo encima de la de ella y ocupaba toda la planta alta. Que no tuviera que compartir su cama inmediatamente debería haberle complacido, pero estaba más desasosegada que nunca. ¿Querría eso? ¿Querría tenerla en un filo de incertidumbre permanente? No llevaba ni un día en esa casa de cristal y ya estaba volviéndola loca. La reacción de él cuando admiró sus esculturas fue tan irritante que no le explicó por qué sabía tanto de escultura, el talento de su difunta madre. Si quería pensar que solo apreciaba el arte bello por su precio, era asunto suyo.

Contuvo el aliento al oír sus pasos en el pasillo. Teresa le había enseñado velar los cristales del dormitorio para tener intimidad y lo había hecho cuando fue a ducharse, pero pudo distinguir el contorno del imponente hombre antes de que llamara a la puerta.

–Adelante.

El grueso cristal se abrió y Theo apareció en la puerta. Los ojos color avellana se clavaron en los de ella como un rayo láser antes de que le recorrieran todo el cuerpo. Antes de conocerlo, no se habría creído que podía reaccionar con esa intensidad a la mirada de un hombre. Constantine, con sus sonrisas artificiales y su encanto falso, no la había alterado así ni cuando creía que estaba enamorada de él. Con Theo, se le aceleraba el corazón, se le endurecían los pechos y sentía una oleada ardiente que le brotaba del vientre. Vio que él se quedaba boquiabierto cuando llegó a los pantalones y a ella se le secó la boca por su expresión.

–¿Puede saberse qué te has puesto?

–Ropa, señor Pantelides –consiguió contestar ella cuando el cerebro le funcionó otra vez.

Él entró en la habitación y la puerta se deslizó para cerrarse. Inmediatamente, ella se dio cuenta de que le costaba respirar y de que estaba devorando su magnífico cuerpo con la mirada.

–Vamos a dejar una cosa muy clara. De ahora en adelante, me llamarás Theo. Nada de *senhor* o señor Pantelides, ¿entendido?

–¿Es una orden? –ella inclinó la cabeza hacia atrás para mirarlo a la cara.

–Me limito a advertirte amablemente que, si no obedeces, habrá consecuencias.

–¿Qué consecuencias? –preguntó ella en tono desafiante.

–Por ejemplo, cada vez que me llames *senhor*, yo besaré esa boca tan impertinente que tienes.

Capítulo 7

CÓMO... dices?

La voz le tembló por la excitación. ¿Qué le pasaba? Ese hombre estaba amenazando a su familia y desbaratándole la vida y ella solo podía pensar en besarlo otra vez.

—Lo que oyes. Si no me llamas por mi nombre de pila, te besaré hasta que lo hagas. Ahora, dime qué es eso que llevas puesto —contestó él mirándole los pantalones con voracidad.

—Unos pantalones cortos. Dijiste algo corto y sexy.

—Es verdad, pero no me refería a algo tan corto, *anjo*.

—No son para tanto.

—Te aseguro que, desde donde estoy yo, son letales.

—No tengo nada más. El resto es demasiado formal para ir a un club.

Él levantó la mirada casi a regañadientes y clavó los ojos en los de ella.

—Me cuesta creerlo.

—Es verdad. No tuve tiempo para hacer el equipaje. Además, no me parecías...

—No te parecía ¿qué? —preguntó él con los ojos entrecerrados.

—No me parecías de esos hombres a los que les gusta ir a los clubes.

—¿Te has formado una idea de mí, *anjo*? —preguntó él con una sonrisa.

—La verdad es que no —contestó ella con poco convencimiento.

Theo volvió a mirarle los pantalones cortos antes de dirigirse hacia la puerta.

–Volveré dentro de quince minutos. Durante la cena me contarás la idea que tienes de mí.

Todo el cuerpo le temblaba mientras se subía a los zapatos de tacón y tomaba el bolso de mano negro y dorado. Se miró en el espejo del pasillo y le abochornó ver el brillo que tenía en los ojos. Intentó convencerse de que era de rabia por el trato de Theo y bajó a la sala. Dejó el bolso de mano, fue hasta la bolsa de lona que había llevado y sacó el lápiz y el cuaderno de dibujo. Estaba tan absorta dibujando la vista que se veía por el ventanal que no se enteró de la presencia de Theo hasta que olió su colonia. Se dio la vuelta y se lo encontró detrás de ella.

–¿Dibujas?

Ella asintió con la cabeza y con el corazón desbocado. Él tomó el cuaderno de sus temblorosas manos y pasó lentamente las páginas.

–Tienes mucho talento.

–¿Lo crees de verdad? –preguntó ella atónita al darse cuenta de que lo decía sinceramente.

Él cerró el cuaderno y se lo devolvió mirándola con curiosidad.

–No lo diría si no lo creyera, *anjo*.

–Gracias.

Ella sonrió con satisfacción, se levantó y se agachó para guardar otra vez el cuaderno.

–¡*Thee mou*!

–¿Qué?

Ella dejó el cuaderno y se incorporó precipitadamente.

–Si te agachas así cuando estemos fuera, no seré responsable de mis actos, ¿entendido?

Ella se quedó boquiabierta y tembló al ver la voracidad de sus ojos.

–No... no tenemos que salir si te ofende lo que llevo puesto... Theo –balbució ella al comprobar que él estaba a punto de perder el control.

Él tomó aire y el pecho se le hinchó debajo de la camisa verde y la cazadora de cuero negro que llevaba con unos pantalones también negros.

–Te equivocas. No me ofendes, pero soy posesivo y ardiente y me cuesta no reaccionar ante la idea de que otros hombres te miren. Sin embargo, intentaré ser un caballero. Vamos.

Se acercó a él imaginándoselo peleando a muerte por ella. Salieron, y Theo le abrió la puerta del coche. Fueron un rato en silencio y él, cada dos por tres, le miraba los muslos y resoplaba. Ella, por una parte, quería provocarlo y deleitarse con la reacción de él, pero, por otra, quería salir corriendo. Cuando llegaron al aparcamiento del lujoso restaurante, tenía al pulso acelerado por el nerviosismo. Se dominó y lo siguió, pero el nerviosismo aumentó cuando comprobó que iban a cenar en el exclusivo piso superior. Él se inclinó cuando los acomodaron.

–Voy a quemar esos pantalones en cuanto volvamos a casa.

–¡Ni lo sueñe, *senhor*! Son mis favoritos.

–Entonces, enmárcalos y cuélgalos de la pared. Pero no vas a ponértelos otra vez.

–Creía que serías lo bastante hombre como para soportar cierta... provocación. ¿No lo eres?

–No provoques a un león hambriento, querida, salvo que no te importe que te devore.

–¿Le decías a tu última novia cómo tenía que vestirse? –preguntó ella en tono desafiante.

–Mi última novia tenía la idea equivocada de que cuantas más veces se paseara desnuda alrededor de mí, más me interesaría. Duró diez días.

–¿Y cuánto duró tu relación más larga?

–Tres semanas.

–Entonces, ¿por qué vas a estar tres meses conmigo?

Él se quedó perplejo unos segundos, hasta que se encogió de hombros.

–Porque no eres mi novia, eres mucho más que eso.

Ella llegó a sentir cierto vértigo, pero se recordó que no iba a ser nada más que su amante.

–¿Por qué era una idea equivocada?

–Hay muy pocas mujeres que consigan interesarme durante mucho tiempo, *anjo*.

–¿Porque te aburres fácilmente?

–Porque mis demonios siempre ganan cuando se someten a los rigores de una relación normal.

–¿Demonios?

–Sí, *anjo*. Tengo muchos y son muy posesivos.

Una sombra le recorrió fugazmente el rostro. Él llamó con la cabeza al sumiller y le pidió el vino. El pulso se le aceleró otra vez cuando observó que era el mismo vino que ella había servido durante la recaudación de fondos.

–Aquí, en la mesa, se ha apagado el fuego e, incluso, puedes llevar esos pantalones, pero, por el bien de mi cordura, ¿podríamos acordar que no los lleves fuera?

Él arqueó una ceja y ella fingió pensárselo.

–¿Cuánto gano por tu cordura?

Él la miró en silencio durante unos minutos y se encogió de hombros.

–Siempre y cuando alcance mis objetivos, no me importa que el camino tenga algunos obstáculos sin importancia. Dime lo que quieres.

–¿Solo soy un obstáculo sin importancia para ti?

–No desperdicies tu oportunidad con preguntas innecesarias.

–Quiero saber exactamente lo que quieres de mí –replicó ella al cabo de un momento.

–Perdona, pero no puedo contestar a eso.

–¿Por qué? –preguntó ella con el ceño fruncido.

–Porque lo que necesito va variando.

–Entonces, ¿voy a tener que vivir tres meses en la incertidumbre?

–Lo desconocido puede ser... estimulante y emocionante.

–¿Has venido a Río a buscar estímulos y emociones?

–No. Mi motivo para estar en Río es concreto y algo bien planeado.

–No puedo evitar que tu respuesta me asuste –reconoció ella.

–¿Por qué? –preguntó él sorprendido por la sinceridad de ella.

–Porque tengo la sensación de que tiene algo que ver con mi familia. Pietro tiene sus defectos, pero nunca ha hecho nada sin la autorización de mi padre. Además, eres mucho mayor que él y eso hace que sea muy improbable que hayas venido por él. Estás aquí por mi padre, ¿verdad?

Él tuvo que hacer un esfuerzo enorme para no reaccionar a ese resumen tan preciso de lo que lo había corroído durante más de diez años, pero se dio cuenta de que le había dado algunas pistas para que llegara a esa conclusión. Inez, en solo cuarenta y ocho horas, había conseguido que bajara la guardia y podría llegar a saber por qué estaba en Río. También le había permitido muchas cosas. Le había ofrecido un trato y le había propuesto que dijera qué quería cuando, además, estaba pensando en concedérselo. Esa mañana, cuando se marchó, se dio cuenta de que esas señales en los brazos habían hecho que fuese tolerante con ella. ¿Acaso no había querido que pensara que era un monstruo como su padre? Un padre que ni siquiera había preguntado por su hija cuando fue a su despacho para firmar el contrato. Un hombre al que le brillaron los ojos con codicia incluso antes de que se secara la tinta. No, él no se parecía a Benedicto da Costa. Solo tenía que tener cuidado de que la hija de su enemigo no adivinara sus intenciones. No podía permitir que los pantalones más sexys que había visto en su vida lo alteraran.

—Por favor, ¿podrías decirme por qué persigues a mi padre?

La preocupación en su tono de voz era sincera y él se dio cuenta de que quería a su padre, a pesar de cómo la trataba. La tristeza se adueñó de él. También había creído que el padre al que idolatraba lo quería en la misma medida, que no era el estafador mujeriego del que hablaba la prensa. En ese momento, quería quitarle la venda de los ojos a Inez para que viera el monstruo que era el hombre al que llamaba papá, para que viera que acabaría empleando ese amor contra ella. Sin embargo, tenía la sensación de que ella ya lo sabía y prefería pasarlo por alto.

—¿Por qué? ¿Acaso piensas sacrificarte para salvarlo?

—¡Es mi padre! —exclamó ella soltando el tenedor.

—Si se te ocurre decirle una sola palabra de tus sospechas, lo lamentarás toda tu vida.

—¿Esperas que me quede de brazos cruzados mientras lo destruyes?

—Espero que cumplas tu parte del trato. Vivirás en mi casa a cambio de que yo no utilice el resquicio legal del contrato. ¿Estás dispuesta a hacerlo o me busco otra estrategia?

Él lo preguntó en tono amenazante y ella lo miró con los ojos como ascuas.

—Cumpliré nuestro trato.

Ella dio un sorbo generoso del vino. Él tenía que

conducir, pero, aun así, dio un sorbo del vino tinto para reordenar las ideas. Las cosas ya estaban escapándosele de las manos. ¿Cómo se le había ocurrido contarle que tenía unos demonios y que era mucho más que una novia?

La cena siguió casi en silencio y, cuando ella rechazó el postre, él pagó rápidamente y se levantó para retirarle la silla. Las entrañas volvieron a abrasarle cuando vio esos pantalones otra vez. Había conseguido sofocar la libido mientras estaban sentados, pero en ese momento, mientras ella caminaba por delante de él, se la hacía la boca agua al ver su trasero y sus impresionantes piernas. Estaba replanteándose la idea de quemar los pantalones cuando vio que un hombre le miraba con descaro las piernas. Gruñó en voz baja y el hombre desvió la mirada, pero seguía conteniendo ese arrebato primitivo cuando llegaron al coche. La siguió hasta la puerta del acompañante, pero, en vez de abrirla, apoyó las manos a ambos lados de ella y se inclinó hacia delante. Ella estaba de cara a la puerta y notó su erección en el trasero.

—¿Qué haces? —consiguió preguntar ella a pesar de que no podía respirar.

—Castigarte como mereces.

—¿Qué quieres decir?

—Me llamaste *senhor* cuando estábamos en el restaurante.

Ella intentó darse la vuelta, pero él la apretó con más fuerza contra el coche.

—No... no me acuerdo.

—Claro que te acuerdas, pero creías que no cumpliría mi promesa delante de todo el mundo.

—No, yo no...

—Quizá tuvieses razón o quizá los dos supiésemos que yo quería hacer algo más que besarte.

—Te equivocas...

–¿De verdad? ¿Prefieres que lo perdone? –él se contoneó contra su trasero–. ¿No me considerarás débil?

–Solo un tonto te consideraría débil –contestó ella con la respiración entrecortada.

–No sé si eso es un halago. ¿Lo es?

Ella bajó la cabeza y dejó expuesto el seductor cuello.

–¿También tengo que satisfacer tu vanidad, Theo?

–¿Cómo puedes parecer sumisa y a la vez provocarme todo el rato?

Ella giró la cabeza para mirarlo y lo que vio en sus ojos, fuera lo que fuese, hizo que se retorciera más, y provocativamente. Lo miró a la boca y él ya no pudo resistir más. Introdujo las manos entre el moño para sujetarla y la besó con avidez. Soltó todo lo que llevaba sintiendo desde que se despertó esa mañana; pasión, excitación, desconcierto, nerviosismo y rabia. La inmovilizó contra el coche para que no pudiera poner sus seductoras manos en su cuerpo y él no perdiera más el dominio de sí mismo. Theo notó los flashes aunque tenía los ojos cerrados, pero no dejó de besarla. También sospechaba que Inez no sabía lo que acababa de pasar o que no intuiría el verdadero motivo de los disparos de los paparazis porque estaba acostumbrada a ser un objetivo de la prensa. Ella abrió más la boca para corresponder al beso, pero él se apartó lentamente. Ella se quejó levemente e intentó recuperar su boca, pero él retrocedió. Había conseguido una parte de lo que se había propuesto. La otra no estaba muy lejos. La apartó de la puerta, la abrió y dejó que se montara en el coche sin mirarle las piernas ni imaginarse cuánto le gustaría tenerlas alrededor de la cintura. Rodeó el coche y también se montó.

–Vamos al club antes de que me deje arrastrar por las ganas de castigarte más.

Ella le miró la boca y no pudo contener un gruñido mientras se pasaba la lengua por los labios.

–Como eres tan compasivo, te enseñaré a bailar la samba como un brasileño –replicó ella.

A la mañana siguiente, todavía entre las sábanas, Inez intentó no revivir la noche anterior, pero era inútil. Se marcharon del club a las dos de la madrugada. Estaba congestionada y sudorosa después de haberse pasado tres horas estrechada contra el cuerpo de Theo. Sin embargo, no tenía el corazón acelerado por bailar, sino por el hombre que se había centrado en ella como si fuese la única mujer del club. Además, era un sueño bailando. En vez de tener que enseñarle los pasos, se había encontrado siguiéndolo mientras se movía con destreza. Cuando le dio la vuelta como en el aparcamiento, aunque al ritmo de la música, creyó sinceramente que su corazón iba a dejar de latir y se olvidó de que Theo tenía un plan siniestro y ella era una marioneta. Cuando él apoyó la mejilla, con barba incipiente, en la mejilla de ella y le tarareó la música en el oído, ella cerró los ojos y se imaginó lo que sería pertenecer verdaderamente a un hombre así. Se dio la vuelta en la cama y gruñó con incredulidad por cómo se había rendido a cuerpo y a su atractivo. Había parecido plastilina entre sus manos. Afortunadamente, durante el viaje de vuelta tuvo tiempo para recuperar algo de cordura, y cuando llegaron, pudo despedirse con un lacónico «*boa noite*» dejándolo en el pasillo, y así pensaba seguir. Quizá no supiera cómo iba a acabar ese juego, pero tampoco iba a participar de buen grado. No estaba dispuesta a enamorarse de otro manipulador como Constantine. Theo esperaba que se quedara tres meses allí y eso quería decir que no iba a ejecutar su plan inmediatamente. Quizá tuviera tiempo para convencerlo de que cambiara de opinión o para descubrir cuáles eran sus intenciones. Fuera cual fuese la venganza que tenía pensada, estaba dispuesto a llevarla a cabo.

Miró el reloj de la mesilla y se levantó. Se metió en la ducha y se lavó con los movimientos rápidos y precisos que le enseñaron en el internado suizo al que le mandó su padre para impresionar a sus amigos. No se secó el pelo y se puso un vaporoso vestido color aguamarina y unas chancletas. Cuando bajó, se encontró con Teresa, quien llevaba una cafetera humeante y le indicó que la siguiera. Salieron a la terraza que daba a la inmensa piscina. La luz se reflejaba en el agua, pero lo que captó su atención fue el hombre que estaba sentado a una mesa de hierro ovalada. El polo blanco resaltaba sus ojos y su piel olivácea. Los pantalones cortos verdes permitían ver unas piernas tan vigorosas que la boca se le secó antes de hacerse agua.

–*Bom dia, anjo*. ¿Piensas quedarte ahí todo el día? –le preguntó él en tono burlón.

Ella tuvo que hacer un esfuerzo para moverse y sentarse en la silla que él le señaló a su derecha.

–¿Café? –le preguntó él.

–Sí, por favor –contestó ella con la voz ronca.

Theo hizo una señal a Teresa, quien le llenó la taza con una sonrisa antes de desaparecer. Inez dio un sorbo para no tener que mirarlo. Hasta ese momento, lo había visto vestido y había estado a punto de tambalearse, pero en ese momento, al ver tanta piel, estaba a punto de caerse de espaldas. Dio otro sorbo y se atragantó al quemarse.

–¿Prefieres abrasarte antes que hablar conmigo? –preguntó él con una sonrisa burlona.

–Claro que no –ella consiguió esbozar una sonrisa–. Solo estaba disfrutando de... la vista.

–Si tú lo dices... –replicó él con incredulidad mientras agitaba un periódico.

Ella abrió los ojos con espanto y él bajó el periódico.

–¿Pasa algo?

–¿Es una foto de nosotros? –preguntó ella con un nudo en la garganta.

La pregunta era gratuita porque la foto a color ocupaba toda la portada.

–Sí. Recién publicada en la prensa de la mañana.

–¡Dios mío! –ella le arrebató el periódico–. Parece como si...

–¿Como si estuviese tomándote por detrás?

–Sí... –susurró ella sonrojándose por la humillación–. Tu cazadora me tapa y parece que no llevo nada de cintura para abajo. Es... Es asquerosa.

Él recuperó el periódico y observó la foto.

–Mmm... La verdad es que es un poco...

–¿Cómo puedes quedarte ahí tan tranquilo?

–No pasa nada. No estábamos teniendo relaciones sexuales, ¿verdad?

Ella volvió a arrebatarle el periódico para leer el artículo. Seguramente, cuestionaría la campaña política de su padre y haría conjeturas de mal gusto sobre su vida privada.

Si esto es lo que hacen en público, preferimos no imaginarnos lo que harán en privado...

–Creía que era un periódico respetable –comentó ella tirando el periódico con rabia.

–Lo es.

–Entonces, ¿por qué publica algo tan... ofensivo?

–A lo mejor, porque es verdad. Estábamos besándonos en un aparcamiento y tú contoneabas tu trasero contra mi vientre como si no pudieras esperar a que llegáramos a casa.

Ella se levantó de un salto y tiró la silla. Estaba temblando de furia.

–¡Los dos sabemos que no es verdad!

–¿No? Te dije que esos pantalones eran una mala idea. ¿Me reprochas que me excitara?

–¡Eres despreciable!

–Tú eres deliciosa cuando te enfadas –replicó él recogiendo el periódico y abriéndolo.

Ella retrocedió para no darle un puñetazo a través del periódico.

–¿No vas a desayunar, *anjo*? –le preguntó él sin dejar de leer el periódico.

–No, se me ha quitado el apetito.

Ella se marchó de la terraza entre las risas burlonas de él y subió corriendo a su dormitorio.

Una hora más tarde, Theo la encontró en la playa. Ella oyó sus pasos en la arena, pero no lo miró y siguió dibujando una lancha que estaba anclada en el mar. Él se sentó en una roca, al lado de ella, y no dijo nada durante unos minutos.

–Castigarme con tu silencio no sirve de nada, Inez.

Ella cerró el cuaderno de dibujo y lo miró. Tenía los labios apretados con fastidio, pero la miraba como si le importara su reacción.

–No me gusta que se hagan conjeturas sobre mi vida sexual en un dominical. Quizá, esos pantalones fueran una mala idea, pero me fijé en los comensales del restaurante y eran mucho más famosos que yo. Aun así, el fotógrafo nos siguió al aparcamiento y nos sacó una foto.

Él se dio la vuelta y sacó un plato con comida de detrás de la roca.

–Ya está hecho. Pasemos página.

Ella quiso mantener su aire de dignidad ofendida, pero no había comido nada desde hacía veinticuatro horas y el estómago le rugió. Él le puso una servilleta y el plato en las rodillas.

–Come algo. Dentro de una hora llegará la estilista para ocuparse de tu guardarropa.

–No necesito una estilista. Puedo volver a mi casa a por más ropa.

–No vas a pisar la casa de tu padre durante los próximos tres meses. Además, si tu ropa consiste en pantalones diminutos o vestidos de noche, estarás de acuerdo en que tienes que cambiar.

Ella repasó mentalmente su guardarropa y comprendió que podía tener razón.

—No hace falta —intentó insistir ella.

—Es demasiado tarde para cambiar el plan, Inez.

El asunto quedó zanjado. Él señaló el plato y el estómago le rugió otra vez. Devoró el sándwich de carne y estaba dando un sorbo de la botella de agua cuando vio que él estaba mirando el dibujo de la lancha.

—Está muy bien.

—Gracias.

—¿Te gustan los barcos?

—Mucho. Mi madre me llevaba a navegar y era lo que más me gustaba hacer con ella.

—¿Estabais muy unidas? —preguntó él cerrando el cuaderno de dibujo.

—Era mi mejor amiga —contestó ella con la voz quebrada—. La echo de menos todos los días.

Él agarró la roca con tensión antes de relajarse otra vez.

—Las madres consiguen afectarnos así y su ausencia es más insoportable todavía.

—¿Cuándo...? ¿Cuándo perdiste a la tuya?

Él la miró con la desolación reflejada en los ojos, pero parpadeó y se esfumó.

—Mi madre está viva.

—Pero creía que habías dicho que...

—«Ausencia» no significa «muerte». Hay muchas maneras de que una madre esté ausente.

—¿Te refieres al abandono?

—Abandono, indiferencia, egocentrismo. Hay muchas formas de hacer daño.

—Lo sé, pero yo tuve suerte. Mi madre era la mejor madre del mundo.

—¿Por eso intentas ser la mejor hija del mundo para tu padre a pesar de lo que sabes de él?

–¿Cómo dices? –preguntó ella dolida por su acusación.

–No lo niegues. Sabes perfectamente qué clase de hombre es, pero, aun así, has permanecido a su lado durante todos estos años. ¿Es porque quieres que te dé una palmada en la cabeza y te diga que eres una buena hija?

La verdad la alcanzó en el centro del pecho. Todo lo que había hecho, hasta el día anterior, había sido para ganarse su aceptación y para compensarlo por haber nacido con el sexo equivocado. Aun así, quiso justificarse después de su insensible reproche.

–Conozco los defectos de mi padre, pero no me avergüenzo de la lealtad a mi familia.

–¿Aunque esa lealtad implique no querer ver el sufrimiento de los demás?

–¿El sufrimiento de quiénes? –preguntó ella con el ceño fruncido.

–De las personas que viven en las favelas, por ejemplo. ¿Sabes que menos del dos por ciento de los fondos que se recaudan en esos supuestos actos benéficos que organizas con tanto esfuerzo van a parar a la gente que más los necesita?

Ella se sonrojó al sentir su mirada implacable.

–Claro que lo sabes –murmuró él con acritud.

–Reconozco que pasó antes, pero acepté organizar el último acto solo si todo el coste de organizarlo acababa en las favelas. Trabajo mucho con la beneficencia y sé lo que digo.

–¿Te cercioraste de que fue así?

–Sí. La organización benéfica me confirmó ayer que había recibido el dinero.

Él arqueó una ceja, se levantó con las manos en los bolsillos y la miró.

–Eso es un avance.

–Gracias. No vivo en un cuento de hadas y te aseguro que intento ayudar a las favelas.

–¿Cómo?

–Trabajo varios días a la semana en una organización benéfica.

–¿Ibas allí aquella mañana que nos encontramos en la cafetería? ¿Qué opina tu padre?

–No lo sabe –contestó ella mordiéndose el labio inferior.

–¿Porque dirigiría la atención sobre sus mentiras acerca de sus orígenes? Todo el mundo sabe que nació y se crio en una favela.

–No se lo he dicho en parte por eso. Él niega que se criara en una favela porque se avergüenza.

–Sin embargo, no le importa que se sepa que su madre procede de las favelas.

–Cree que, si tiene alguna relación con las favelas, eso lo acerca a las personas normales.

–Entonces, le gusta reescribir su historia mientras sigue adelante.

–Es posible. Sé que mi padre infringe las reglas algunas veces.

La carcajada áspera de él hizo que ella diera un respingo.

–¿Te refieres a que va a cien por hora por algunas carreteras o estamos hablando de algo con más... enjundia?

Ella ya había captado ese tono antes y le producía un escalofrío, le advertía de que estaba pasando algo más y sabía que debería alejarse inmediatamente de ese algo.

–No... no sé bien qué estás dando a entender.

–Te lo diré de otra forma. ¿Estamos hablando de anécdotas sin importancia o de rodillas rotas, bazos reventados y secuestros para pedir rescates?

–¿Puede saberse de qué estás hablando? –preguntó ella llevándose una mano a la boca.

–Sabes de qué es capaz tu padre. ¿Tengo que recordarte lo que te hizo cuando lo disgustaste?

Ella se miró las señales del brazo y negó lentamente con la cabeza.

–No excuso esto, pero me niego a creer que es el monstruo que tú dices.

–Te dejaré que por el momento disfrutes con tu opinión tan optimista, querida. Yo también hice lo mismo con mi padre.

–¿Vas a hacer que mi padre pague por lo que ha hecho?

Durante unos segundos, ella estuvo segura de que él no iba a contestar o de que cambiaría de tema como había hecho otras veces. Sin embargo, asintió con la cabeza.

–Sí. Estoy dispuesto a que pague por lo que me arrebató hace doce años.

–¿Qué te arrebató? –preguntó ella aunque el aire se le había helado en los pulmones.

Él se dio la vuelta para mirar hacia el mar. Estaba rígido y amenazador, pero ella se acercó a él llevada por una necesidad visceral. Le tocó el hombro y él se puso más tenso todavía.

–Theo...

–No me gusta que me toquen cuando estoy de espaldas, *anjo*.

–¿Por qué?

–Es parte de mis demonios.

–¿Te lo hizo... mi padre? –preguntó ella con espanto y angustia.

–No en persona. Al fin y al cabo, ahora es un ciudadano respetable, ¿no? Un hombre en el que la gente debería confiar.

–Sin embargo, tuvo algo que ver con tu claustrofobia y esto.

–Sí.

–Theo...

–¡Basta de preguntas! Estás olvidándote de por qué estás aquí. ¿Tengo que recordártelo?

Él la miró con frialdad y ella tragó saliva. No quedaba ni rastro del dolor y vulnerabilidad que había vislumbrado antes. Volvía a ser un hombre dominado por la venganza.

–No, no hace falta –contestó ella sacudiendo la cabeza.

Capítulo 8

LAS dos semanas siguientes transcurrieron gélida y rutinariamente. Theo se marchaba después de beber una taza de café y de comentarle rápidamente dónde y cuándo iban a cenar. La segunda mañana, cuando ella le dijo que iba a ir a su organización benéfica, él arqueó una ceja.

–¿Qué tipo de trabajo haces allí?

–Lo que tenga que hacer.

Ella no le había dado más detalles para que no desdeñara su trabajo como el de una niña rica que ocupaba su tiempo hasta la fiesta siguiente.

–Puedes disponer de tu tiempo siempre que estés aquí cuando yo vuelva.

Después de repetirle que no le dijera nada a su padre, él se marchó. El hombre que le había mostrado todo su dolor se había retraído y cuando se veían en la casa mantenían una cortesía distante. Sin embargo, cuando salían, que era casi todas las noches, era atento, le pasaba los dedos entre el pelo y la miraba con embeleso. A la quinta noche, ella se dio cuenta de que él estaba complaciendo a los paparazis y a la mañana siguiente, indefectiblemente, los periódicos publicaban una foto de ellos en una posición comprometedora. Sin embargo, él le quitaba importancia. Después del tercer fin de semana con él, los periódicos publicaron la primera encuesta sobre las elecciones a la alcaldía y ella confirmó sus sospechas. Él estaba nadando en la piscina y su magnífico cuerpo cortaba el agua como un tiburón. Ella leyó la explicación que se daba para la reacción de los votantes y, como una furia, se acercó al borde de la piscina.

–¿Por esto me has sacado todas las noches desde que me mudé aquí? ¿Para que me etiqueten como la hija ramera de un hombre que no es apto para ser alcalde?

Él se detuvo, se puso de pie y se apartó el pelo de la cara. Se acercó lentamente a ella, quien casi se olvidó de todo al mirar su rostro mojado y bronceado.

–Tu padre no es digno de encabezar una cadena de presos y mucho menos una ciudad. Además, todo el mundo lo sabrá antes de que acabe con él.

Ella, aunque había visto las pruebas y sabía que lo que le había hecho su padre, fuera lo que fuese, había sido devastador, retrocedió un paso ante ese juramento implacable. Él se apoyó en el borde de la piscina y salió del agua. Inez tuvo que hacer un esfuerzo sobrehumano para no devorarlo con la mirada, pero eso no bastó para que no sintiera esa avidez que no había podido sofocar desde que él entró en su vida. Además, a medida que pasaban los días, cada vez le costaba más mantenerse inalterable. A pesar de que sabía hasta qué punto pensaba utilizarla para herir a su padre, su reacción a su cercanía era tan intensa que no podía dominarla, y eso la convertía en una necia que tenía que recapacitar para no salir escaldada otra vez.

–Entonces, ¿no niegas que me has usado de señuelo para truncar la campaña de mi padre?

–Ha sido uno de los métodos –replicó él con los ojos entrecerrados–, pero, si un periódico se atreve a llamarte ramera, lo denunciaré.

–Hay muchas maneras de describir a alguien sin emplear la palabra, Theo.

Él la miró y tendió una mano lentamente.

–Enséñamelo.

Ella le entregó el periódico. Él lo leyó y apretó los dientes.

–Les obligaré a que publiquen una rectificación.

–No se trata de eso –replicó ella con rabia–. El daño ya está hecho. Sabes que tendré que dejar de trabajar como voluntaria, ¿verdad? No puedo hacerle esto a la organización benéfica.

–Me ocuparé de todo esto –insistió él con el ceño fruncido por el desasosiego.

–Olvídalo. Es demasiado tarde. Enhorabuena, has conseguido lo que te proponías, pero ya no vas a pasearme más en público. Si quieres salir por la noche, tendrá que ser sin mí.

Él la miró a los ojos y se secó el pelo con la toalla.

–Muy bien. Haremos otra cosa –afirmó él tirando el periódico a la mesa.

–¿Como qué? –preguntó ella mirándolo con recelo.

–Te prometí llevarte en el yate. Saldremos esta tarde y pasaremos a bordo todo el día de mañana. ¿Te apetece?

En momentos como ese, cuando era tan considerado, le costaba creerse que era el mismo hombre dispuesto a vengarse de su padre por los errores del pasado. Después de lo que le contó en la playa, rebuscó en Internet para encontrar una pista de lo que le había pasado. Solo había encontrado algunas nimiedades sobre los negocios turbios de Alexandrou Pantelides antes de que muriera en la cárcel. Que ella supiese, no había relación entre la familia de Theo y la suya. Los hermanos Pantelides, uno prometido y el otro casado y recientemente padre, eran muy prósperos en el mundo del petróleo, las navieras y los hoteles de lujo. El trabajo de Theo como localizador y solucionador de problemas para la multimillonaria multinacional hacía que nunca pasara mucho tiempo en el mismo sitio. Un trabajo perfecto para un hombre que mantenía relaciones esporádicas en el mejor de los casos. Un hombre atormentado por una horda de demonios. Lo miró más detenidamente para ver al hombre que se ocultaba y que, fugazmente, le había desvelado su alma cuando habló del abandono de su madre. Sin embargo, era hermético.

–¿Qué importa lo que me apetezca? Aunque me extraña que mi padre no haya dicho nada.

–Lo ha intentado, pero he rechazado sus llamadas.

–No me refería a ti. Como yo también salgo en las fotos, me extraña que no me haya llamado para descargar su furia.

–Lo intentó, pero le propuse que era mejor que no intentara hablar contigo y que se concentrara en besar bebés y en convencer a las ancianitas para que lo votaran.

–¿Cómo te atreves a controlar mi vida de esa manera? –preguntó ella con indignación.

–¿Habrías preferido que le hubiese permitido que proclamara su decepción?

–¿Qué te importa? Es un poco tarde para que me protejas, ¿no te parece?

–Mientras estés bajo mi techo, estarás bajo mi protección –replicó él con los dientes apretados.

–¡Dios mío! ¡No finjas que te importa!

Ella tragó saliva al darse cuenta de que estaba a punto de llorar. Se dio media vuelta para no desmoronarse delante de él y fue a dirigirse hacia su habitación, pero él la detuvo y le tomó la cara entre las manos.

–Deja de angustiarte por esto.

–¿Es otra orden?

–Estás enfadada.

–Desde luego. Lamento haberte conocido. Es más, lamento...

Él la besó en la boca con una voracidad abrasadora. Por una parte, a ella le enfureció que la besara para acallarla, pero era una parte diminuta. En realidad, estaba deleitándose con su musculosa espalda desnuda. Él le sujetó la cabeza con las manos entre el pelo para introducir la lengua y aumentar la intensidad del beso, aunque fue un beso distinto a los tres anteriores. En ese, había pasión y voracidad, pero también una delicadeza que sosegaba sus sentimientos trastornados y los sustituía por una sensación distinta, por la necesidad de estar más cerca de ese cuerpo magnífico, de estrecharlo contra sí y de notar que él se estremecía. Theo dejó escapar un gruñido sin dejar de besarla y ella lo agarró con más fuerza. Una mano bajó a su trasero para apretarla contra su vientre. Sintió la erección turgente, cálida y poderosa y el corazón se le aceleró sin control. Lo deseaba, pero no podía ceder. Se recordó que la consideración que había notado en él era falsa, que se marcharía, y ella y su familia quedarían devastados.

—Estoy perdiéndote, vuelve, *anjo*.

Él lo murmuró seductoramente antes de pasarle la lengua por el labio inferior. Las rodillas le flaquearon y, cuando él le agarró el trasero con más fuerza, ella tuvo que reunir toda su fuerza de voluntad para empujarlo.

—No.

Él apartó la cabeza y ella vio que estaba tan atrapado en esa atracción disparatada como ella.

—Puedo hacer que cambies de opinión, Inez. Independientemente de lo que quiera para tu padre, lo que hay entre nosotros es innegable.

—¿Te has oído? ¿Crees que puedo olvidarme de todo y acostarme contigo solo porque consigues que sienta algo?

—Normalmente, ese es el motivo para que las personas tengan relaciones sexuales.

—Pero tú y yo no somos unas personas cualesquiera, ¿verdad?

—¿Quieres decir que estabas enamorada de todos los hombres con los que te has acostado?

Ella se quedó helada y rezó para que su cara no reflejara la humillación mientras intentaba contener el recuerdo del trato que le había dado Constantine.

–Inez...

–Mis relaciones del pasado no son de tu incumbencia.

–No pretendo, ni remotamente, que me mezcles con tus otros amantes, pero ¿no es un poco hipócrita que me apliques un criterio que no has empleado con uno de tus amantes en concreto?

–Si te refieres a Constantine, te aseguro que no tienes ni idea de lo que estás hablando.

–Entonces, acláramelo –él la agarró de la cintura–. ¿Por qué te abandonó?

–Éramos incompatibles –contestó ella zafándose de él.

–¿No descubriría el verdadero motivo para que estuvieses con él y no quiso seguir contigo?

–No. Ese no fue el motivo para...

Ella no pudo acabar cuando las palabras se le atascaron en la garganta.

–¿Cuál fue? ¿Lo amabas o te convenciste de que lo amabas para conseguir tu objetivo?

Ella se mordió el labio inferior. ¿Había dado una importancia desproporcionada a sus sentimientos? Constantine era atractivo, pero nunca le creó ese caos incontenible que le creaba Theo. Cuando se había imaginado el amor, siempre se había imaginado pasión, voracidad y placer solo por pensar en esa persona. Había creído que estaba enamorada de Constantine, pero nunca había sentido todo eso.

–Creí que mis sentimientos eran sinceros en su momento, pero él, no. Él creyó que estaba utilizándolo para la campaña de mi padre.

–¿Qué hizo? –preguntó Theo con un brillo de dureza en los ojos.

–Hizo alusiones dolorosas siempre que daba una entrevista. Consiguió que la prensa sensacionalista me difamara... como estás haciendo tú ahora.

–No es lo mismo...

–Sí lo es. Theo, quiero poder hacer lo que quiera.

–No estás en una cárcel, Inez –replicó él palideciendo.

–¿No? ¿Cómo describirías que esté aquí?

Theo la observó alejarse y cerró los puños. Le había dolido mucho que creyera que estar en su casa era lo mismo que estar en la cárcel. Sin embargo, la había obligado a hacer una elección y ni las cenas o las compras en las tiendas más exclusivas podían excusar que hubiese lanzado a la prensa sensacionalista sobre ella para hundir la campaña de su padre. La angustia que había visto en ella le había producido una opresión en el pecho que lo desconcertaba y enojaba. Quizá tuviera que alterar los planes para acabar con ese juego tan peligroso de una vez y seguir con su vida. Sus hermanos se alegrarían. Llevaba casi dos semanas eludiendo sus llamadas y contestando por correo electrónico con lacónicas frases de una línea. Apretó los dientes ante la necesidad apremiante de propinar un golpe mortal a Benedicto da Costa. Su suplicio había sido largo y doloroso y el castigo tenía que ser igual. Cualquier vacilación se debía a los rescoldos que quedaban de la atracción entre Inez y él. Nunca había vivido algo tan intenso y estaba nublándole las ideas, igual que lo veía todo rojo cada vez que pensaba en el examante de ella. Sin embargo, tenía que afrontar el problema desde otro ángulo. Se tragó el regusto amargo que le había quedado cuando lo comparó con Constantine Blanco, entró en la casa dándole vueltas al dilema y cuando llegó a su suite y se cambió el traje de baño, ya estaba sonriendo.

Una hora más tarde, la observó mientras bajaba la escalera con una bolsa de lona y un neceser.

–¿Te ha dicho Teresa que metas el traje de baño?

–Sí, pero creía que solo íbamos a salir a navegar.

–Y yo creía que te gustaría tomar el sol lejos de los paparazis. También podemos bañarnos en el mar y cenar bajo las estrellas. ¿Te gustaría?

Se quedó atónito por lo mucho que le gustaría que ella contestara afirmativamente. Nunca le había importado lo que pudiera gustarle a sus novias, aparte de los regalos y las cenas habituales. Por eso mantenía relaciones a corto plazo que exigían poca dedicación. Inez no exigía poca dedicación, pero, aun así, se sentía más atraído por ella.

–Lo pensaré y te lo diré –contestó ella mirando significativamente por encima de él.

Su desasosiego aumentó, pero a ella le gustaba el barco y quizá se olvidara de que estaba enfadada con él, de que estaba chantajeándola y de Constantine Blanco. Él seguía preguntándose por qué le importaban tanto los sentimientos de ella cuando aparcaron en el paseo marítimo.

–Llevas sonriendo desde que soltamos amarras –comentó ella con recelo.

–¿De verdad? Debe de ser el tiempo –replicó él con una sonrisa.

–Lleva haciendo el mismo tiempo desde hace un mes.

–Entonces, será la compañía.

Ella se sonrojó y él se preguntó, por enésima vez, cómo había podido tener una relación con Constantine Blanco y seguir sonrojándose. A él le había bastado ver una vez a Constantine para saber que estaba cortado por el mismo patrón que Benedicto. Quizá por eso Da Costa lo hubiese elegido para aliarse políticamente con él. Había mandado a su hija para que lo espiara y el tiro le había salido por la culata. Dejó de sonreír cuando se acordó del daño que hizo a Inez cuando le echó en cara su relación con Blanco. Tomó la copa de vino blanco que había acompañado la cena temprana y dio un sorbo. Sentía una opresión en el pecho por el remordimiento.

—¿Has decidido si vas a vender el barco o no? —preguntó ella.

—Es posible. Tengo que sopesar el uso que le doy y las ganas de conservar algo hermoso.

—Pero eres multimillonario. ¿Coleccionar juguetes no es una parte sustancial de esa categoría?

—No siempre he tenido recursos. En realidad, mis hermanos y yo nos hemos partido el espinazo para llegar a donde estamos —replicó él con una sonrisa tensa.

—Tus hermanos Sakis y Arion...

—Compruebo que has estado rebuscando en Internet.

—Me pareció prudente saber algo más de mi enemigo —reconoció ella levantando la barbilla.

El epíteto le dolió en el alma.

—¿Qué más descubriste mientras indagabas en mi árbol familiar?

—Que tu hermano Sakis tuvo un problema con alguien que saboteó uno de sus petroleros.

—Sí. Lo resolvimos bastante satisfactoriamente.

—Y ahora, tu hermano Ari está con la viuda del hombre que intentó hundir vuestra empresa —siguió ella con el ceño fruncido.

—¿Qué puedo decir? Los desafíos interesantes nos estimulan.

—Al parecer, os enemistáis con las personas con las que hacéis negocios. Hasta ahora, me has hecho creer que mi padre te perjudicó, pero ¿cómo puedo saber que no fue al revés? ¿No estarás aquí porque te mereciste todo lo que recibiste?

El tallo de la copa se partió por la mitad, pero él no se dio cuenta hasta que el vino se derramó sobre su camisa. La parte superior de la copa cayó al suelo y se hizo añicos.

–¡Theo, estás sangrando! –exclamó Inez mientras se levantaba de un salto para acercarse a él.

–¡No te muevas!

–Pero tu dedo...

–No es nada comparado con lo que le pasará a tus pies si das otro paso.

Ella miró los cristales y volvió a mirar su dedo, pálida por la angustia.

–Siéntate, Inez –le ordenó él en tono tajante.

–Déjame que te ayude, por favor.

Él apretó los dientes y se hizo un torniquete con una servilleta.

–No es profundo, pero tendremos que limpiarlo bien. Hay un botiquín detrás de la barra.

Ella se puso las sandalias y fue hasta la barra. Theo se levantó de la mesa y se sentó en el sofá. Inez volvió apresuradamente, dejó el botiquín en la mesita y miró con preocupación la servilleta empapada de sangre.

–¿Vas a quedarte ahí toda la noche? Estoy desangrándome.

Ella le limpió la herida, se la vendó con gasa y se la sujetó con un esparadrapo sin dejar de dirigirle miradas de arrepentimiento. Él la miró fijamente y sintió que transmitía algo que no había sabido que echaba de menos hasta que lo sintió: cariño, preocupación, miedo por él. ¿Cuándo fue la última vez que alguien, aparte de Ari y Sakis, había sentido algo así por él? ¿Cuándo fue la última vez que su madre lo había tratado con esa atención?

–Tranquila, *anjo*. Estoy seguro de que sobreviviré.

–Lo siento mucho –se disculpó ella con agobio.

–No te disculpes. No ha sido culpa tuya.

–Pero... si no te hubiese acusado de...

–Te mueves entre tinieblas y quieres saber la verdad.

Lo respeto, pero todavía no puedo decirte cuál es el asunto que tengo con tu padre. Tú tienes que respetar eso.

–Pero... eso... –ella le miró el dedo–. Tu reacción, la claustrofobia, el respingo cuando te toqué... No puedo evitar temerme lo peor, Theo –susurró ella.

Él sintió una opresión en el pecho y quiso calmarla. Quiso besarla hasta que se olvidaran del motivo para que estuviera prisionera y de por qué le daba miedo el día que tuviera que liberarla.

–Hagamos un trato. Durante las próximas veinticuatro horas no hablaremos ni de tu padre ni del motivo por el que estoy en Río. ¿De acuerdo?

Ella vaciló mientras le miraba el dedo, pero cuando lo miró a él, sus ojos reflejaron firmeza.

–De acuerdo.

A la mañana siguiente, Theo se apoyó en la barandilla de la tercera cubierta y la observó bañarse en la piscina de la segunda. Se movía como una sirena con el pelo largo y moreno por la espalda mientras braceaba por debajo del agua.

–Estoy esperando una respuesta, Theo –le dijeron con cansancio desde el otro lado del móvil.

–Perdona, recuérdame la pregunta.

–Te he preguntado por qué no puedo desayunar sin abrir un periódico y verte abrazado a una pobre incauta –Ari gruñó con fastidio–. Se me corta la digestión cuando veo esas imágenes.

–La solución es muy sencilla. No leas periódicos.

–¿Hasta cuándo va a seguir esto? –preguntó Ari con un suspiro.

–Todo debería estar firmado y zanjado dentro de dos semanas –contestó él intentando relajarse.

–Pareces muy seguro.

Él agarró con fuerza el teléfono. Durante la noche en vela, se había planteado la posibilidad de acabar antes con esa venganza y se había quedado atónito cuando la idea cuajó.

–Lo estoy.

–¿Nada de lo que estás haciendo por allí afectará a mi boda? No te olvides de que es dentro de dos semanas. Si puedes salir un rato de entre sus faldas...

–No estoy entre sus faldas –replicó Theo con un gruñido–. Estaré en tu boda.

–Perfecto. Como te has perdido los ensayos, te mandaré un vídeo para que sepas lo que tienes que hacer. Apréndetelo bien. No quiero que lo estropees todo, por Perla.

–Claro, de acuerdo.

Siguió los movimientos de la figura que se movía debajo del agua y contuvo el aliento cuando Inez salió de la piscina. Sus entrañas se tensaron al ver las curvas mojadas y la piel bronceada. Quiso recorrer hasta el último rincón de ese cuerpo con las manos, la boca y la lengua.

–¡Ah! Dile a Perla que voy a llevar una invitada.

Ari soltó una maldición antes de transmitir el mensaje. Él oyó que Perla daba un grito de placer.

–El amor de mi vida acepta a regañadientes, pero también te pide que la próxima vez avises con más antelación.

–¿La próxima vez? ¿Piensas casarte una tercera vez?

Cortó la llamada entre improperios y sonrió. Sin dejar de mirarla, bajó la escalera de caracol y se dirigió hacia la diosa en biquini que estaba secándose el pelo con una toalla. Estaba de espaldas y la curva de sus caderas hizo que le hirviera la sangre. El deseo se apoderó de él con una fuerza insoportable. Tiró el móvil a la mesa del desayuno y ella dio un respingo y se dio la vuelta con la toalla en la cabeza.

–Hola.

–Buenos días. ¿Te ha gustado el baño?

–Ha sido... refrescante –contestó ella con cautela mientras lo miraba acercarse–. ¿Cuál es el plan para hoy?

Quería llevarla a su cama y tenerla debajo hasta que los dos se desmayaran de placer, pero apartó la mirada de sus abundantes pechos cubiertos por unos triángulos blancos y mojados.

–Vamos a Copacabana. Nos pararemos para comer algo y volveremos esta noche. Aunque, si lo prefieres, podemos quedarnos en el barco y volver por la mañana.

–Me encantaría dibujar el barco a la luz de la luna.

–Entonces, eso es lo que harás.

Ella se quedó pensativa y desconcertada.

–¿Qué piensas? –preguntó él.

–Algunas veces me parece como si estuviese tratando con dos personas –contestó ella.

–¿A cuál prefieres?

–¿Lo dices en broma? A la que eres ahora, claro.

Él sintió una punzada en el pecho y la respiración se le entrecortó mientras se acercaba a ella.

–Creía que hoy no íbamos a hablar de nuestros asuntos.

–Me has preguntado qué pensaba.

–Es verdad.

Él miró la perfección de su rostro sin maquillaje y sintió algo parecido al arrepentimiento.

–Ahora me toca a mí preguntarte qué estás pensando, Theo.

–Naturalmente, da igual, pero me gustaría que nos hubiésemos conocido en otras circunstancias.

–¿De verdad? –preguntó ella boquiabierta.

Él ya no pudo resistirse más y le pasó un pulgar por los labios.

–Como he dicho, da igual.

–¿Porque te habrías librado de mí al cabo de una semana?

–No. Te habría conservado mucho más tiempo, *anjo*. Incluso, es posible que para siempre.

Él retrocedió un paso. Una vez más, ella había conseguido que expresara deseos o posibilidades a los que había renunciado después de lo que sus respectivos padres, y la madre de él, les habían hecho. Ella conseguía que creyera en sueños imposibles y en sentimientos que no quería sentir.

Fue apresuradamente hacia la piscina. Un baño le sofocaría ese deseo y esos sentimientos que estaban desgarrándolo por dentro.

Veinte minutos después salió y se la encontró terminando unos huevos revueltos y un café. Mientras él se servía un café y fruta, ella tomó la bolsa de lona y sacó el cuaderno de dibujo.

–¿Te has planteado hacer algo con tu talento? –le preguntó él.

Una sombra le cruzó el rostro antes de que sonriera, pero él se imaginó el motivo: su padre.

–Alguna vez retomaré mi educación. Dejé a un lado la universidad durante un tiempo.

–¿Hasta cuándo?

–No lo he decidido todavía –contestó ella buscando una hoja en blanco.

–¿Qué estudiarás cuando vuelvas?

–Me encantan los edificios y los barcos. Es posible que haga Arquitectura o Diseño Naval.

–¿Diseño Naval? ¡Vaya! –exclamó él mirando el cuaderno de dibujo.

Ella asintió con la cabeza. Él tomó la taza y la miró por encima del borde.

–¿Por qué no me diseñas uno?

–¿Quieres que te diseñe un barco?

–Sí. Estoy seguro de que tus indagaciones te han enseñado nuestras especialidades. Tiene que cumplir los criterios de Pantelides, pero a tu gusto. Naturalmente, hazlo último modelo...

–Naturalmente –murmuró ella.

El lápiz voló sobre el papel mientras él desayunaba. Ella no levantó la mirada cuando él rodeó la mesa para acercarse a donde estaba. No miró el dibujo, estaba demasiado absorto por la felicidad absoluta que se reflejaba en el rostro de ella, que no lo miró ni cuando le pasó un dedo por la mejilla hasta la comisura de la boca, pero sí contuvo el aliento y se estremeció antes de que retirara la mano. Mientras se alejaba, Theo se maravilló de lo contento que se sentía.

Capítulo 9

ANCLARON como a media milla de la playa de Copacabana y tomaron una lancha para bajar a tierra. Inez miró a Theo, que estaba al timón de la lancha. El viento le apartaba el pelo de la frente y ella, celosa del viento, entrelazó los dedos de las manos para resistir las ganas de tocarlo. Por mucho que lo había intentado, no podía olvidarse de que le había dicho que la habría conservado quizá para siempre. Eso hacía que se quedara sin respiración hasta marearse. Tenía un problema grave y... Los gritos de unos bañistas le recordaron que no estaba sola. Observó la gente que disfrutaba de un domingo en la playa y sintió como si estuviese perdiendo la leve conexión que había encontrado con Theo la noche anterior y esa mañana, lo cual, era una tontería. No había conexión, solo era una tregua efímera. Además, también tenía la apasionante tarea de diseñar un barco, algo que hacía que bullera de alegría todo el día.

Theo atracó en el muelle, se bajó con agilidad y le tendió una mano con una sonrisa. Ella la agarró sin poder respirar.

–Me apetece comer algo tradicional y conozco el sitio perfecto. ¿Te fías de mí?

–Sí.

–Está un poco lejos –añadió él mirándole los tacones con una ceja arqueada.

–No te preocupes por mí. Nací encima de unos tacones.

–Entonces, compadezco a tu pobre madre.

Ella se rio y él sonrió hasta que la besó unos segundos en la boca y le tomó la mano.

–Vamos, *anjo*.

Se metieron por las calles y diez minutos después ella se quedó atónita cuando se detuvieron delante de una puerta con un cartel borroso y una bombilla encima.

–Dicen que dan la mejor *feijoada* de Río –comentó él mirándola con incertidumbre.

Inez se tragó el nudo que se le había puesto en la garganta al el cartel que había formado parte de su alegre y lejana infancia.

–Es verdad, pero ¿cómo... cómo conoces este sitio?

El corazón se le desbocó cuando él le besó el dorso de la mano que no le había soltado.

–Me ocupé de enterarme.

–Gracias –replicó ella tragando las lágrimas que se le habían amontonado en la garganta.

–De nada.

Se quedaron un momento en la entrada para acostumbrarse al interior iluminado por velas.

–¡*Pequena estrela*!

Una mujer de cuarenta y muchos años se acercó con una sonrisa de oreja a oreja. Se abrazaron e Inez se dio la vuelta para presentarle a Theo.

–Camila y mi madre eran muy amigas. He cenado aquí muchas veces después del colegio.

Theo, encantador, contestó en portugués y la mujer se sonrojó antes de llevarlos a una mesa en el centro de la habitación.

–¿Quieres lo de siempre? –preguntó Camila mientras dejaba la cesta con pan.

–¿Me dejas que elija? –le preguntó Inez a Theo.

–Claro, *anjo*.

Inez recitó el pedido y, cuando se quedaron solos, intentó no sacar conclusiones de por qué la había llevado precisamente allí, pero la emoción no se aplacó. Él estaba consiguiendo que sintiera cosas que no debería sentir en esas circunstancias, cuando su corazón podía acabar destrozado. Además, esa vez, las señales de alarma no estaban disimuladas, como pasaba con Constantine. Estaba metiéndose con los ojos y el corazón muy abiertos.

–Estás frunciendo el ceño, querida.

Ella tomó un trozo de pan e intentó concentrarse en no estropear la tregua.

–No sé si he pedido demasiado. Estoy más bien gorda gracias a mi apetito.

–No estás gorda, estás perfecta.

Aunque la luz era tenue, ella captó su expresión de satisfacción y le flaquearon las rodillas. Una expresión que fue cambiando hasta que el deseo se reflejó en todos los rasgos. El mismo deseo que se adueño de ella y se concentró entre los muslos.

–*Obrigado* –murmuró ella con la voz ronca.

Él se inclinó y tomó el trozo de pan que tenía ella en la mano. Lo partió y acercó la mitad a su boca. Cuando la abrió, lo dejó en su lengua y la observó mientras lo masticaba. Luego, se dejó caer contra el respaldo y se comió el resto. Ella, cuando consiguió tragar el pan, intentó encontrar un tema de conversación que no tuviera nada que ver ni con su padre ni con los sentimientos que brotaban entre ellos.

–¿Tu madre se crio por aquí? –preguntó él para alivio de ella.

–No. Camila y ella nacieron cerca de Serra Geral. Sus padres eran rancheros y vecinos, pero se vinieron a Río después de casarse y siguieron en contacto. Camila es como mi segunda madre.

–Sin embargo, Da Costa Holdings no es una empresa ganadera –comentó él poniéndose rígido.

–No. Cuando mi abuelo murió, mi madre vendió el rancho y mi padre amplió la empresa.

Inez respiró con alivio cuando Camila, sonriente, volvió con el primer plato y el vino. Theo la felicitó por la elección de la comida y empezó a comer el pescado. La conversación volvió a temas más anodinos y derivó hacia la anterior carrera de Theo como campeón de remo.

–¿Por qué dejaste de competir?

–Probé con algunas parejas cuando Ari y Sakis se retiraron, pero faltaba sintonía y es fundamental en ese deporte.

Theo llenó el vaso de vino de Inez y dio un sorbo del suyo.

–Has sido afortunado al poder hacer algo que te gustaba –replicó ella con melancolía.

–Normalmente, la suerte es el fruto de mucho trabajo –comentó él con una sonrisa forzada.

–Sin embargo, algunas veces, el destino te depara otras cosas por mucho que lo intentes.

–Sí, pero tienes que conseguir que se vuelvan a tu favor.

–También puedes abandonar y buscar otra alternativa.

–Nunca he abandonado ante la adversidad –replicó él con una sonrisa.

–No habrías ganado campeonatos si lo hicieras.

Ella no podía decir que lo entendiera del todo, pero sí empezaba captar lo que lo espoleaba. Cuando se encontraba con un problema, nunca lo abandonaba hasta que lo solucionaba. Por eso se ocupaba de resolver los problemas de Pantelides Inc. Había visto secuencias de él remando. Su tesón y sus agallas la habían cautivado y mentiría si dijera que no la habían excitado.

–Sin embargo, también se necesita fuerza para abandonar. Tú abandonaste el remo antes de asociarte con la persona equivocada.

–Inez... –murmuró él en tono tenso.

–No quiero estropear la tregua, pero quiero que lo pienses. Perdonar no es motivo de vergüenza. No es vergonzoso dejar el pasado donde está.

–¿Y mis demonios? –preguntó él con una mirada sombría.

–¿Tienes la garantía de que los derrotarás siguiendo el camino que has elegido?

Él frunció el ceño unos segundos antes de entrecerrar los ojos.

–Tienes razón, no estropeemos la tregua.

–Theo...

–Basta, *anjo*. Bebe un poco más de vino –le propuso él con una sonrisa.

El pulso se le aceleró. Se le aceleraba por cualquier cosa que hiciese él. Dio un sorbo y se pasó la lengua por los labios por el efecto del vino y del hombre que tenía enfrente. Camila llegó para ofrecerles café y ella dejó de mirar la perfección de ese rostro. Inez lo rechazó y, cuando volvió a mirar a Theo, vio que tenía los ojos clavados en ella.

–Creo que tienes que volver al barco.

–Lo dices como si me hubiese portado mal –replicó ella se riéndose con ganas.

–Te aseguro que te lo diría si lo hubieses hecho.

–Entonces, la noche es joven y no descarto nada.

Él esbozó otra de esas sonrisas devastadoras mientras sacaba unos billetes de la cartera.

–Insisto en que es el momento de que vuelvas y te acuestes.

Ella se quedó sin respiración. No podía querer decir lo que ella creía, pero se sonrojó por las imágenes que se presentaron de repente en su cabeza. Se despidió de Camila y se dirigió hacia la calle mientras rezaba para que él no hubiese visto su reacción a esas palabras.

–No corras o te romperás un tobillo con esos tacones.

La alcanzó en la calle y le rodeó la cintura con un brazo. La calidez de su cuerpo le pareció abrumadora.

—No pasa nada, estoy bien —se justificó ella innecesariamente.

—¿Qué pasa? —preguntó él mirándola penetrantemente.

Ella se pasó una mano por el pelo e intentó no decir lo que estaba pensando, pero sin éxito.

—Se supone que eres mi enemigo, pero, aun así, me has traído a uno de mis sitios preferidos de todo el mundo. Estás siendo tan atento que no puedo evitarlo... te deseo...

Ella casi se tambaleó al ver que el hombre encantador que había cenado con ella se convertía en un depredador voraz. La llevó a un callejón oscuro, la puso contra una pared y se inclinó.

—No me digas esas cosas ahora, Inez —murmuró él con aspereza.

Él tenía la boca tan cerca y tan tentadora, que ella cerró los ojos.

—No quiero decirlas, pero no puedo contenerme porque es verdad.

—Lo dices por efecto del vino.

Inez asintió con la cabeza, pero gimió cuando él se estrechó más contra ella. La calidez de su cuerpo la abrasaba y su aliento le acariciaba el rostro. Cuando le rozó la mejilla con la barba incipiente, tuvo que morderse los labios para no gemir otra vez.

—Abre los ojos, Inez...

—No... Por favor...

—¿Qué estás pidiéndome? —le susurró él al oído.

Ella se estremeció de los pies a la cabeza.

—No lo sé... —ella se calló y tomó aliento—. Bésame.

Él pasó levemente los labios por los de ella, quien lo agarró de la cintura con fuerza.

—Por favor... —le pidió con un hilo de voz.

–*Anjo*, si empiezo, no podré pararme, y no queremos pasar la noche en el calabozo por escándalo público.

Ella abrió los ojos y vio que la miraba con una voracidad que nunca había visto en un hombre.

–Theo... –le tomó la cara entre las manos–. Déjalo. Sea lo que sea lo que te hizo mi padre, la venganza solo te proporcionará una satisfacción efímera.

Él apretó los dientes, pero no le pareció tan arisco como otras veces.

–Es lo único que he soñado desde hace doce años.

–¿Te has parado a pensar que esa obsesión podría estar alentando a tus demonios?

–¿Estás proponiéndome otra manera de aplacarlos, *anjo*?

–Es posible.

Él le tomó una mano, le besó la palma y la miró con un brillo deslumbrante en los ojos.

–No se merece que seas su hija.

–Puedo decir lo mismo de tus padres, pero hacemos lo que podemos. Cuando se pone feo de verdad, intento acordarme de los momentos felices. Tú también tienes que tener recuerdos felices con tu madre. Además, ¿tu padre fue siempre tan malo?

–No, no fue siempre malo –contestó él apretando los labios.

–Cuéntamelo.

–Ellos creían que Sakis sería su último hijo. Mi madre me dijo que yo llegué por sorpresa. Me llamaba su «niño especial». Mi padre me llevaba a todos lados con él. Tenía un Aston Martin y me encantaba ir a dar largos paseos por la costa...

Theo se calló con los ojos brillantes. Ella no dijo nada y esperó que encontrara la manera de aliviar el dolor. Sin embargo, se repuso, la miró y ella captó ese dolor incontenible.

–No soy mi padre y no lo seré nunca, pero hasta yo

sé que esas cosas se pueden hacer fácilmente cuando la vida va como la seda. La prueba de verdad llega cuando las cosas se complican. Me cuesta creer que mis hermanos y yo fuésemos especiales para mis padres cuando nos dieron la espalda en el momento en que más los necesitábamos. Él podría haberme salvado, Inez...

Theo se calló súbitamente y a ella se le encogió el corazón.

–¿Cómo?

–Si me hubiese llamado por teléfono para avisarme, yo no estaría aquí... No tendría miedo de acostarme todas las noches por las pesadillas...

–Theo...

Ella le acarició la mejilla unos segundos, hasta que él se apartó con la barbilla levantada.

–Esto no cambia nada. Soy como soy. ¿Sigues deseándome?

–Sí –contestó ella tragando saliva.

–Tienes media hora y mucha brisa para aclararte las ideas antes de que lleguemos al barco. Emplea ese tiempo para pensarte con cuidado si quieres seguir adelante porque, cuando crucemos esa línea, no habrá vuelta atrás.

Capítulo 10

THEO dejó la lancha en manos de un tripulante y la ayudó a bajarse. Ella había creído que él, después de lo que había dicho, se apresuraría en volver al barco, pero habían paseado con calma por las calles y por una playa. Sin embargo, cualquier duda sobre que no la deseara tanto como lo deseaba ella se esfumó en cuanto la miró con un deseo volcánico.

—¿Y bien? —le preguntó él con la voz ronca.

—Sigo deseándote —contestó ella.

—¿Estás segura? Por la mañana no podrás arrepentirte, Inez, no lo permitiré.

—No estoy bebida, Theo. Además, también te deseé esta mañana y no había bebido nada. Como la semana pasada y la primera noche que nos conocimos.

La abrazó en la cubierta vacía.

—¿La primera noche sentiste la misma atracción irracional que yo?

—Sí.

La tomó en brazos, entraron en el barco y bajaron a su inmensa y lujosa suite. Tenía los dedos entre su pelo y estaba besándolo cuando él cerró la puerta con el pie. Las lenguas se encontraron, la de él imperiosa y la suya cada vez más atrevida. Como sabía que le gustaba, le mordisqueó el labio inferior. Él dejó escapar un gruñido antes de apartarse y de mirarla a los ojos mientras la dejaba lentamente en el suelo. Sintió la dureza de sus músculos y la firmeza de sus muslos antes de tocar la

mullida moqueta con los pies, pero tuvo que aferrarse
a él por miedo a que pudiera derretirse si lo soltaba.

–Tengo que desvestirte –le anunció él con la voz ronca.

Ella, incapaz de dejar de mirarlo, asintió con la cabeza. El vestido era ceñido, morado y corto y tenía una
cremallera en un costado. Él la bajó y le quitó el vestido
por encima de la cabeza. Tiró el vestido, tragó saliva y
la miró con tal intensidad que ella se quedó sin respiración.

–*Thee mou*, eres maravillosa.

Era un placer que le gustara lo que veía, y que pudiera perdonarla por su inexperiencia. Deseosa de sentir
más ese placer, fue a quitarse el sujetador.

–No –le ordenó él agarrándole las manos y ll80labelleván-
doselas a su propio pecho.

Le acarició los costados y sonrió con satisfacción
cuando ella se estremeció. Le quitó el sujetador un segundo después y le miró los pechos.

–No sabes cuánto tiempo llevo esperando a pala-
dearlos.

Él le tomó un pecho con una mano y bajó la cabeza
para pasarle la lengua por el pezón.

–Theo... –murmuró ella cuando le hizo lo mismo al
otro pezón.

Arrastrada por esa oleada de sensaciones, no se dio
cuenta de que tenía las uñas clavadas en sus pectorales
hasta que él se lo dijo.

–Quítame la camisa, quiero sentir esas uñas en mi
piel.

Ella obedeció con las manos temblorosas y le acarició la piel bronceada. Sus músculos, sedosos y cálidos,
se contrajeron debajo de sus manos, pero él se las apartó,
la agarró de la cintura, la dejó en la cama y se quedó
mirándola con una mano en el cinturón. El tamaño de
su miembro la dejó sin aire en los pulmones, y, por un
instante, el desasosiego se abrió paso entre el placer.

Hasta el momento, Theo no había dicho nada sobre su inexperiencia, pero la evidencia sería indisimulable al cabo de unos minutos. Abrió la boca para decírselo, pero él ya estaba en la cama mirándola con tanta intensidad que la paralizó. Volvió a besarla más profundamente que las veces anteriores. Ella se dejó llevar por el deseo, lo agarró de la nuca y recibió la recompensa de un gruñido de placer. Él le mordió levemente el lóbulo de la oreja antes de bajar la boca por el cuello. Le succionó los pechos una vez más y, una vez más, ella perdió la capacidad de pensar con claridad.

—Te encanta, ¿verdad? —le preguntó él con la voz ronca cuando levantó la cabeza.

—Sí... —murmuró ella.

—Hay muchos más placeres, *anjo*. Muchos más.

Él bajó los labios por el abdomen hasta la cinturilla de las bragas antes de agarrársela con las manos. Ella esperó a que se las arrancara, algo que le desbocó el pulso, pero, para su sorpresa, se las bajó lentamente y las tiró al suelo. Igual de lentamente, la besó desde el tobillo hasta el interior del muslo. Cuando la boca alcanzó su rincón más íntimo, arqueó las caderas con ansia. Nunca se había imaginado que querría que un hombre llegara a eso, pero, en ese momento, no podía imaginarse que Theo no lo hiciera. Sintió el contacto de su boca y dejó escapar un grito retorciéndose por el placer que la desarbolaba. Su lengua, sus dientes y sus labios trabajaban con una armonía perfecta para enloquecerla. Se acercó al punto álgido y temió tanto como anheló lo que llegaba después. Theo la agarró del trasero para acercarla más a su ávida boca y con unos movimientos diestros de la lengua la elevó por encima de cualquier límite. Su grito fue un sonido desconocido para ella y se agarró a las sábanas con toda su alma. Él siguió hasta que se serenó y luego subió por todo su cuerpo hasta besarla en la boca. El sabor dulce de su entrega pareció despertar una reacción más primitiva todavía en él, quien la miró con los ojos casi negros por la voracidad.

–¿Blanco hizo que sintieras lo mismo? –le preguntó él con los dientes apretados.

–No –contestó ella sacudiendo la cabeza.

Sus ojos dejaron escapar un destello de satisfacción.

–Cuando haya terminado, no recordarás a nadie que no sea yo.

Ella sabía que él descubriría su inexperiencia muy pronto y contuvo el aliento.

–Nunca me acosté con Constantine. Theo, soy virgen.

Él se quedó helado mientras tomaba un preservativo.

–¿Voy a ser tu primer amante?

–Sí –reconoció ella asintiendo con la cabeza.

Theo lo asimiló e intentó distinguir si sentía más asombro o felicidad. Podía entender el asombro, pero ¿le alegraba ser el primero? Nunca se le había pasado por la cabeza que fuese virgen, pero empezó a entender sus rubores, sus miradas inocentes y furtivas, su sorpresa ante los besos implacables de él... Otro sentimiento se abrió paso en su pecho: la posesión. Abrió el envoltorio del preservativo y la miró fijamente.

–Iré todo lo despacio que quieras, querida, pero no voy a parar –le dijo para no asustarla.

Ya no podía parar, había llegado demasiado lejos y la deseaba demasiado. Se acordó de que le había dicho que la conservaría, quizá para siempre, y otro sentimiento se adueñó de él. Si la hubiese conocido en otro momento, ¿sería la única? Le cautivó la idea de que Inez fuese su esposa y la madre de sus hijos si él hubiese sido normal. Era tan hermosa y entregada... Sin embargo, ¿qué hacía deseando lo imposible? Él no era normal...

–No quiero que pares –replicó ella.

Entonces, ella hizo uno de esos gestos que delataban su inocencia. Le miró el miembro y se mordió el labio inferior. Lo que no sabía era cuánto le excitaba ese gesto. Apoyó las manos a los costados de ella, le separó los muslos con los suyos y se colocó en la abertura.

–No te importe clavarme las uñas en le espalda si es excesivo para ti.

Él intentó esbozar una sonrisa y sintió cierto alivio cuando ella hizo lo mismo. Se inclinó y le pasó la lengua por los labios. Ella los separó inmediatamente y él profundizó el beso. Tanteó la abertura con mucho cuidado y fue entrando lentamente en su húmeda calidez. Ella se quedó rígida y él se detuvo.

–Relájate, *anjo* –murmuró él sin dejar de besarla.

Ella obedeció, pero la tensión pasó a él. El notar que ella se cerraba alrededor de él y estar entre sus muslos le produjeron una sensación que no había sentido jamás, tan maravillosa que no le importaba reconocerse que le daba un miedo atroz.

–Theo...

Ella murmuró su nombre en un tono entre implorante y expectante que aumentó su tensión. Nunca había querido tanto satisfacer a su pareja sexual. Entró hasta que notó la resistencia de su virginidad. Le clavó las uñas y el placer se apoderó de él mientras se apartaba para mirarla. Su rostro reflejaba cierto miedo y una avidez estremecedora.

–Theo, por favor. Te deseo.

Su petición fue la gota que colmó el vaso. Farfulló una disculpa, rompió la membrana y entró todo lo que pudo. Ella dejó escapar un sonido de dolor que lo atravesó hasta el corazón, pero también dejó caer la cabeza hacia atrás con un gemido que retumbó en toda la habitación. Entonces, salió y volvió a entrar.

–*Meu Deus*... –susurró ella como extasiada.

–Inez... –él esperó a que ella pudiera mirarlo y repitió el movimiento–, dime cómo te sientes.

–*Fantástico.*

Theo estaba seguro de que ella ni se daba cuenta de que estaba hablando en su idioma. Inez introdujo los dedos entre su pelo y, cuando él volvió a acometer, ella le correspondió contoneando la caderas de forma muy provocadora.

–Aprendes deprisa...

Theo aceleró el ritmo y tuvo que apretar los dientes para contenerse cuando ella siguió ese ritmo. Demasiado pronto para él, ella levantó la cabeza y el pecho antes de dejarse caer otra vez en el umbral del clímax. Sus músculos internos se contrajeron alrededor del miembro y él cerró los ojos un segundo para intentar mantenerse en la realidad. Se inclinó y le tomó un pezón endurecido con la boca. El grito de placer fue música celestial. Le tomó el otro pezón y luego se dejó caer sobre ella, la abrazó y acometió más deprisa y profundamente. Ella gritó antes de morderle el hombro estremeciéndose de placer. Lo mordió con más fuerza y lo arañó mientras él seguía a lomos de esa ola interminable. Cuando ella quedó inerte, él levantó la cabeza y la miró. El brillo de éxtasis que vio en sus ojos hizo que le brotara un gruñido desde lo más profundo de su ser mientras también se liberaba.

Apretó los labios cuando notó que estaba a punto de decir algo desconcertante. ¿Elogio? ¿Gratitud? ¿Adoración...? ¿Cuándo había sentido todo eso por una mujer con la que acababa de acostarse? Bajó la cabeza junto al cuello de ella para sentir los últimos estertores de placer. No diría nada hasta que pudiera descifrar qué estaba pasándole con Inez, aparte de la atracción física. Ella le acarició lentamente la espalda sin importarle que estuviera aplastada por su cuerpo. En ese momento, no se le ocurría una forma mejor de morir asfixiada. Se rio al pensarlo, y Theo la miró besándole la mejilla.

–No era la reacción que me esperaba después de un orgasmo, pero al menos es un sonido de alegría.

Inmediatamente, ella pensó en las docenas de mujeres a las que habría complacido antes y un arrebato de
celos ensombreció su mirada y le detuvo las manos.

–¿Qué he dicho? –preguntó él mirándola fijamente–.
Inez... –insistió cuando ella no contestó.

–Nada importante –contestó ella por fin.

No era nada importante. Antes, esa misma noche,
había intentado que él viera otra salida, pero se había
negado. Lo que había entre ellos solo duraría hasta que
se hubiese vengado de su padre. No tenía sentido pensar
en las mujeres a las que había complacido ni cuál la sus-
tituiría cuando hubiese acabado con su familia y se marchara de Río. Aguantó su mirada hasta que él asintió
con la cabeza y se apartó creándole un vacío inmenso
por dentro que hizo que el corazón le diera un vuelco.
Necesitaba agarrarse a algo, pero, en realidad, solo tenía
las hormonas alteradas porque había vivido su primera
experiencia sexual. Lo miró mientras se levantaba y entraba en el cuarto de baño. Salió un minuto después con
una toalla mojada y ella, al caer en la cuenta de lo que
se proponía, se incorporó e intentó agarrar la toalla.

–No –murmuró él con delicadeza–. Túmbate.

Sonrojada, se tumbó lentamente y dejó que la lavara.
Increíblemente, el deseo volvió mientras él la aseaba con
delicadeza y, cuando por fin volvió a mirarla, tenía los
dientes apretados, un gesto que ella ya sabía que era una
forma de dominarse. Se le endurecieron los pezones.

–Necesitas tiempo para reponerte –dijo él.

Su cuerpo no decía lo mismo, pero ella sabía que era
verdad. Cuando asintió con la cabeza, pareció como si
él se hubiese quedado decepcionado. Volvió a dejar la
toalla en el cuarto de baño, pero dejó la luz encendida y
se metió en la cama, los tapó con las sábanas y la abrazó.
Ella posó una mano en su pecho y notó los latidos pau-
sados de su corazón. Se quedaron en silencio hasta que
ella se rio otra vez.

–*Anjo*, estoy empezando a acomplejarme –comentó él besándole la frente.

–Supongo que ahora es cuando deberíamos hablar de cualquier tontería después del sexo, pero no se me ocurre ningún tema.

–No. Normalmente, ahora es cuando me marcharía o volvería a hacer lo que acabo de hacer.

–¿Y? –preguntó ella con el corazón en un puño.

–Intento dominar mis instintos más primarios.

Ella, sintiéndose más atrevida de lo que era sensato, abrió la boca para decirle que no se contuviera mucho tiempo, pero, en vez de eso, dejó escapar un bostezo inesperado.

–Creo que la charla ha quedado relegada por el sueño –la besó en la boca y estuvo a punto de abrasarse por dentro, pero se apartó y la abrazó con más fuerza–. Duérmete, Inez.

Íntimamente complacida, le rodeó la cintura con un brazo y se dejó llevar por el sueño.

Se despertó con la luz de la luna entrando por las ventanas. La luz de la mesilla estaba encendida y le pareció que había estado dormida durante unas horas. Theo estaba de costado con el pelo sobre la frente. Parecía más joven y apacible, pero, aun así, tan sexy que le cortó la respiración. De repente, sintió la necesidad de dibujarlo, pero el cuaderno estaba en la habitación de al lado. Se soltó de su brazo, se puso la camisa de él y fue a recogerlo.

Volvió sigilosamente, se sentó a los pies de la cama y empezó a dibujar. No podía acabar de entender lo que estaba pasando. Estaba en la cama con un hombre que quería destruir a su familia y, sin embargo, no sentía ningún remordimiento. Solo quería librarlo de los demonios que había vislumbrado en sus ojos cuando hablaba de las pesadillas que lo atosigaban. Tragó saliva dominada por la tristeza. A pesar de su aire invencible, ella había visto la batalla que estaba librando, una batalla que creía que solo podía ganar con la venganza. Se quedó helada cuando Theo dejó escapar un sonido a medio camino entre un gemido de dolor y un rugido de rabia. Todo su cuerpo se tensó y se le entrecortó la respiración.

–Theo... –susurró ella dejando a un lado el cuaderno.

–¡No! ¡No! ¡No! *Thee mou*, ¡no!

Eran unas palabras suplicantes teñidas de un miedo evidente. Extendió los brazos y sacudió la cabeza con vehemencia.

–¡Theo! –exclamó ella poniéndose de rodillas en la cama.

–¡No! ¡Para! ¡Ay!

Theo se incorporó de un salto con un grito que le heló la sangre. Estaba sudando y tomó unas bocanadas de aire muy profundas.

–¿Estás bien?

La pregunta era absurda, pero fue lo único que pudo decir porque tenía el corazón atenazado por el dolor. Alargó una mano, pero él se apartó.

–¡No me toques!

–Theo, soy yo, Inez.

Ella le tocó vacilantemente un brazo. Él se estremeció, volvió a apartarse y la miró fijamente.

–Inez –repitió él en un tono sombrío y perplejo–. ¿Me he quedado dormido?

Lo preguntó como si se detestara por haber permitido la entrada de los demonios.

–Sí –contestó ella apretando los puños–. Has tenido una pesadilla.

–¿Puede saberse qué estás haciendo aquí? –preguntó él con la mirada perdida y en tono hosco.

–Nosotros... nos hemos quedado dormidos después de...

Ella se sonrojó y no pudo seguir. Él la miró lentamente de arriba abajo, se apartó el pelo de los ojos y, poco a poco, su mirada se centró.

—Ahora recuerdo que hemos hecho el amor.

Con un movimiento ágil de depredador, se destapó y se acercó a donde ella estaba de rodillas.

—¿Puedo... tocarte? —preguntó ella deseosa de aliviarlo.

—¿Quieres consolarme?

—Si me dejas.

Él cerró los ojos y bajó la cabeza hasta apoyarla entre sus pechos. La rodeó con los brazos con tanta fuerza que no pudo moverse. Se quedaron así hasta que su respiración se apaciguó.

—Theo...

—¿Mmm?

—Cuéntame tu sueño.

Él se puso en tensión, levantó la cabeza y la miró fijamente.

—Quítate mi camisa —le ordenó con un hilo de voz.

—Theo, solo has tenido una pesadilla.

—Una pesadilla que quiero olvidar.

Él tenía las manos detrás de sus muslos y le tomó el trasero con más rudeza que antes, pero la caricia no le hizo daño.

—Inez, si quieres ayudarme, hazlo —añadió él.

Ella se quitó la camisa por encima de la cabeza y la tiró. Él devoró sus pechos con la mirada y se pasó la lengua por el labio inferior. Ella se derritió entre los muslos y él dejó escapar un gruñido de placer cuando sus dedos le acariciaron los pliegues. La levantó y se sentó en el borde de la cama. Sacó un preservativo, se lo puso y la colocó encima de él a horcajadas.

—Harás que me olvide, ¿verdad? —preguntó él con una voz casi suplicante.

Antes de que pudiera asentir con la cabeza, la levantó

un poco y entró en ella, que dejó escapar un grito cuando la llenó con su miembro ardiente. La agarró de las caderas para acompasar el ritmo, que fue aumentando con cada acometida.

–Theo... –susurró ella mientras el placer le abrasaba las entrañas.

–No hables.

Ella se mordió los labios y lo miró fijamente. En su rostro se mezclaban el sufrimiento, el placer, la rabia y la angustia. Seguía dominado por la pesadilla y le desgarró el corazón. Intentó mirarlo a los ojos para transmitirle un alivio que no fuese solo el carnal, pero él bajó la cabeza para lamerle implacablemente los pezones hasta que ella gimió. Aumentó las acometidas y la subía y bajaba con una fuerza casi sobrehumana. El orgasmo explotó y ella, a pesar del estruendo, pudo oír el rugido gutural que le indicó que él también había alcanzado el alivio que buscaba. Estaban sudorosos y con la respiración entrecortada, pero esa vez no hubo caricias y a ella le apetecía cualquier cosa menos reírse.

Él volvió a levantarla, la dejó en la cama y se fue al cuarto de baño sin decir nada. Ella se tumbó debatiéndose con lo que acababa de pasar. Durante las últimas veinticuatro horas, había vislumbrado al hombre atormentado por las pesadillas, había visto un aspecto de Theo que estaba segura de que había visto muy poca gente, pero ella, en vez de preservar su propio corazón, quería abrirse más a él y encontrar la manera de librarle de ese dolor y ese tormento. ¿Acaso no había aprendido la lección de Constantine? No. Theo no se parecía al hombre que había disfrutado humillándola. La rectificación que le había prometido Theo había aparecido esa tarde en la edición *online* del periódico y ella estaba segura de que había visto su expresión de arrepentimiento mientras la observaba leerla. La oscuridad y la luz. Las dos la atraían casi irreversiblemente. Entonces, se oyó un golpe y un elocuente improperio. Se levantó de la cama y fue corriendo al cuarto de baño.

—¡Estoy bien! –gritó él.

Ella dudó y lo miró desde la puerta. Estaba agarrado al borde del lavabo con la cabeza inclinada.

—¿Qué pasa, Theo?

—Maldita sea, no soy de cristal. He sobrellevado mis pesadillas desde mucho antes de que tú aparecieras. ¡Déjame en paz!

—No me rechaces –le pidió ella con el corazón en un puño.

Él la miró a los ojos en el espejo y suspiró.

—Eres más tozuda de lo que te conviene, ¿lo sabías?

—Es posible, pero necesito el cuarto de baño antes de que me expulses –mintió ella.

—Muy bien. Es todo tuyo.

Él se dio la vuelta y, entonces, ella vio las cicatrices.

—Dios mío, ¿qué... te paso? –susurró ella con un balbuceo.

Él se miró la cadera izquierda. Las señales, iguales y a la misma distancia entre ellas, no podían ser por un accidente, pero, aun así, ella no podía aceptar la idea de que alguien se las hubiese hecho intencionadamente.

—¿Todavía no lo has adivinado, querida? Tu padre fue lo que me pasó.

Capítulo 11

INEZ retrocedió hasta que se chocó con el tocador y se cayó encima.

–Yo no... ¿Estás diciendo que mi padre te hizo eso? –preguntó ella sacudiendo la cabeza.

–No, no lo hizo personalmente. Contrató a unos sicarios.

Ella se quedó pálida y, si no hubiese estado sentada, se habría caído al suelo.

–Pero... ¿Por qué?

–Indagaste en mi familia –él se rodeó la cintura con una toalla–. Sabes lo que le pasó a mi padre.

–Lo condenaron por fraude, soborno y apropiación indebida.

–Entre otras cosas. También estuvo mezclado con gente increíblemente siniestra.

Él salió del cuarto de baño y ella lo siguió con el miedo oprimiéndole el pecho.

–¿Mi padre era una de esas personas siniestras?

Theo se dio la vuelta, la miró y vio el asombro reflejado en sus ojos. La compadeció por un instante. No era fácil encajar que la verdad explotara en tu cara. Él, en sus momentos más oscuros, no podía comprender que el abandono de su padre le doliera tanto todavía.

–Cuando lo detuvieron e inmovilizaron todos nuestros bienes, mi padre le debía mucho dinero por algún asunto turbio en el que estaban metidos. A tu padre no le gustó quedarse sin su dinero y, cuando comprendió que no le pagaría, decidió tomar otro camino.

–Entonces.... estoy aquí para pagar por... los pecados de mi padre... –balbució ella.

Ese había sido su plan inicial, hasta que, en algún momento, él se lo replanteó. Sin embargo, no iba a reconocerlo por nada del mundo.

–Tu padre hizo que yo pagara por los del mío. El dinero y el poder era lo único que le importaba. No le importaba nada más, ni los gritos de un niño torturado.

–¿Cuántos años tenías? –preguntó ella con un gesto de espanto.

Aunque una voz le decía a gritos que dejara de hurgar en sus heridas, no pudo contenerse.

–Diecisiete. Estaba volviendo a casa después de haber salido por la noche con unos amigos cuando sus sicarios me atraparon. Me sacaron de Atenas y me metieron en un agujero en una finca abandonada cerca de Madrid. Ari me encontró allí dos semanas después. Había tenido que sacarle todo el dinero que pudo a familiares y conocidos para reunir los dos millones de dólares de rescate que exigía tu padre.

Ella se llevó las manos a la cabeza y se tiró del pelo.

–Por favor, dime que cuando hablas de un agujero no lo dices... literalmente.

–Sí, *anjo*. Un agujero de cuatro metros de profundidad sin luz ni nada para calentarme. Solo me daban una comida al día y un cubo para mis necesidades.

–No...

–¡Sí! ¿Y sabes qué hacían sus hombres cuando se aburrían?

Ella sacudió la cabeza con violencia mientras él dejaba caer la toalla y le mostraba las cicatrices.

–Ellos los llamaban tatuajes con cigarros.

Las lágrimas se le desbordaron y le cayeron por las mejillas. Fue hasta la cama y se tumbó con la cara entre las manos sin dejar de sollozar. Él sintió una opresión en el pecho por unos sentimientos que no quería definir. Esos sollozos lo desgarraban por dentro.

–¡Inez! Deja de llorar –le ordenó tajantemente después de cinco minutos.

Ella sacudió la cabeza y sollozó un poco más.

–Para o te tiraré por la borda.

Inez se secó las lágrimas y lo miró con los ojos muy abiertos e implorantes.

–Si solo viste a esos hombres, ¿cómo sabes que era mi padre?

Él no podía reprocharle que quisiera ver una realidad distinta. Él mismo lo había hecho durante mucho tiempo cuando condenaron a su padre.

–Seguí el rastro del rescate que pagó mi hermano a través de sociedades pantalla y paraísos fiscales. Tardé unos años, pero acabé encontrando dónde acababa.

–¿En la cuenta de mi padre?

–Sí. Además, me he ocupado de descubrir cómo se gastó hasta el último céntimo.

A ella se le hundieron los hombros y volvieron a brotarle las lágrimas.

–De acuerdo, haré lo que quieras durante el tiempo que quieras.

A él le pareció que la tierra se le abría debajo de los pies y se quedó atónito al darse cuenta de lo mucho que quería tomarla, pero no por vengarse de su padre, sino porque la deseaba a ella.

–Inez...

–No puedo devolverte esas dos semanas que te arrebataron ni evitarte el espanto con el que has tenido que vivir, pero puedo intentar compensarte por lo que te hicieron.

–¿Cómo? ¿Entregándome tu cuerpo cuando y donde quiera?

Ella palideció, pero levantó la barbilla como la mujer valiente que él había llegado a ver.

–Si eso es lo que quieres...

–No quiero el sacrificio de un cordero. Además, ¡también estoy seguro de que no quieres sacrificarte por ese malnacido!

–Entonces, ¿qué quieres? Ya tienes su empresa y su campaña está hundiéndose. No le quedará nada cuando hayas acabado con él. ¿Cuánto sufrimiento más necesitas para saciar tu rabia?

Theo fue a contestar, hasta que se dio cuenta de que no tenía respuesta. No sentía la satisfacción que creía que iba a sentir cuando llegara el momento. La miró, vio el dolor y la confusión que la dominaban, y se sintió más desconcertado todavía. El suelo seguía tambaleándose debajo de sus pies, pero ya llevaba demasiado tiempo metido en ese sendero.

–Te lo diré cuando me sienta apaciguado.

Durante la semana siguiente, lo observó mientras desmantelaba la campaña de su padre. Surgieron acusaciones de falta de honradez y se abrieron investigaciones. No se encontró nada que implicara a Benedicto, pero su credibilidad se resintió y cayó en picado en las encuestas.

El lunes, cuando volvieron de la excursión en barco, empezó a recibir llamadas y mensajes de su padre y de Pietro que le exigían saber qué estaba pasando. No hizo falta que Theo le dijera nada. El estómago se le revolvía cada vez que veía el nombre de su padre en la pantalla. Aunque llevaba mucho tiempo sospechando que las actividades empresariales de su padre eran turbias, ni en sus peores sueños había podido imaginarse que sería capaz de la brutalidad que le había descrito Theo. Cada vez que veía sus cicatrices, y las había visto todas las noches desde que se instaló en la habitación de él, esa depravación le atenazaba el corazón, como pasaba cada vez que gritaba por una pesadilla.

La primera noche después de que volvieron, hicieron el amor desenfrenadamente, y ella se quedó asombrada cuando él le ordenó que se durmiera. A la noche siguiente, cuando pasó lo mismo, ella tuvo que preguntarle directamente el motivo.

—No quiero quedarme solo —contestó él lacónicamente.

Cada vez que se despertaba temblando, la abrazaba con fuerza hasta que pasaba la pesadilla. Ella, neciamente, había empezado a creer que su presencia hacía que las pesadillas fuesen más soportables, aunque no menos espantosas, y que la tranquilidad de Theo dependía del corazón de ella. Aun así, no podía dominarlo lo bastante para que no se le desgarrara cada vez que tenía una pesadilla ni para que no explotara de felicidad cada vez que la arrastraba al éxtasis. Incluso, sentía un dolor casi físico en el corazón por saber que Theo haría las maletas y se marcharía de Río en cuanto hubiese conseguido acabar con su padre. Estaba volviéndose loca...

—¿Sigues aquí? Teresa me ha dicho que no te has marchado. Creía que ya estarías en el centro.

Ella le había contado más cosas de su trabajo de voluntaria y, absurdamente, se había sentido emocionada cuando él no fue crítico ni condescendiente.

Lo observó mientras entraba en la sala y se acercaba a donde ella estaba terminando un dibujo. Ella también había creído que él se habría marchado, pero, evidentemente, se había equivocado.

—Me he tomado el día libre. Estoy... estoy pensando en dimitir.

—¿Por qué? —preguntó él agachándose delante de ella.

—Todo el asunto de mi padre estaba desviando la atención hacia personas que ya tienen dificultades para vivir. Creo que no es justo para los niños.

Una sombra de arrepentimiento cruzó los ojos de Theo antes de que parpadeara para borrarla.

–Efectivamente, no lo es –replicó él al cabo de un minuto–, pero no vas a dimitir.

–¿Por qué?

–Porque no voy a permitir que dejes de hacer algo que te encanta hacer. Me ocuparé de que acabe la propaganda sobre tu padre.

–¿Por qué ibas a hacerlo? –preguntó ella mirándolo a los ojos.

–Quizá esté dándome cuenta de que no estaba preparado para aceptar tantos efectos secundarios. Además, tengo algo para ti.

Theo sacó algo de un bolsillo y se lo ofreció.

–¿Qué es? –preguntó ella con el pulso acelerado mientras miraba la caja.

–Ábrela y lo verás.

Abrió el estuche de terciopelo y se quedó pasmada al ver la gargantilla de platino y diamantes.

–¿Estás intentando hacer una declaración de hombría?

–Lo siento, *anjo*, pero no lo entiendo –replicó él sacudiendo la cabeza.

–Es una gargantilla. ¿Quieres que todo el mundo sepa que te pertenezco?

–¿Puede saberse de qué estás hablando?

–¿Por qué una gargantilla y no un sencillo colgante?

–Le pedí a mi joyero que me mandara algunas piezas y me gustó esta. No tiene más intenciones. Pensé que te gustaría –añadió él en tono tenso.

–Es preciosa, pero un poco ostentosa para mi gusto –volvió a cerrar el estuche para devolvérselo–. Además, ya no soy un señuelo para los paparazis y no sé dónde iba a llevar algo así.

Él apretó los dientes y rechazó el estuche.

–Ahí quería llegar. Ari va a casarse el fin de semana que viene y vas a ser mi acompañante.

Ella se quedó boquiabierta y sin respiración.

—¿Quieres que deje el centro y me vaya a Grecia contigo?

—Estoy seguro de que encontrarás una solución. Si quieres, puedo hacer una donación para compensar tu ausencia. Además, no vamos a Grecia. Ari y Perla van a casarse en su complejo hotelero de Bermudas.

—Un continente distinto, pero la respuesta es la misma.

—¿Tengo que recordarte que solo llevamos tres semanas de tu trato? —preguntó él.

A ella le temblaron las manos y tiró el estuche al sofá.

—No, no tienes que recordármelo. Seré una necia, pero creía que estábamos olvidándonos de eso.

—Estoy intentándolo, Inez.

—Entonces, pídemelo con amabilidad. Sabes que el fin de semana que viene podría estar ocupada y que tendría que cambiar mis planes por ti.

—¿Ocupada haciendo qué? —preguntó él arqueando una ceja.

—Depilándome las piernas, ¿qué más da? No te has molestado en preguntarlo. Me has traído una joya y me has ordenado que esté preparada para volar a Bermudas.

—Estás enfadada. Dime por qué.

Ella dejó escapar una risa gélida y él entrecerró los ojos.

—¿De qué serviría?

—Te escucharía.

Ella fue a levantarse, pero él la agarró de las caderas y se lo impidió. Estaban tan cerca que ella podía ver las hipnóticas manchas doradas de sus ojos. Quería dejarse llevar por él e intentó serenar el pulso acelerado. Él le miró la boca y el cuello y ella sintió algo distinto.

—Esa gargantilla...

—Solo es una gargantilla. Pensé que podrías encontrar un vestido a juego para la boda.

—¿Y el viaje?

—Te necesito de acompañante. Además, puedes odiarme, pero no quiero dejarte aquí para que Benedicto pueda encontrarte.

—Sé cuidar de mí misma.

—No lo dudo, pero ¿no crees que podría parecerle una traición que no contestaras a sus llamadas?

—¿Tú crees que podría hacerme algo? —preguntó ella con cierta aprensión.

Él le miró elocuentemente el brazo y volvió a mirarla a los ojos.

—Lo siento, *anjo*, pero no quiero correr el riesgo.

Oscuridad y luz. Crueldad y ternura. Eso era lo que conseguía que sus sentimientos estuviesen en la cuerda floja.

—Por favor, ¿me acompañarías a Bermudas?

—Sí —ella miró el estuche—, pero no me pondré esa gargantilla.

—Muy bien. Encontraremos otra cosa.

—No necesito... —no acabó su argumento porque él le arrebató el cuaderno de dibujo—. Theo, devuélvemelo.

—Deberías estar diseñándome un barco.

—Sigo trabajando en eso. Te lo enseñaré cuando lo haya terminado.

Él le miró la boca y ella se estremeció. Un minuto después, le devolvió el cuaderno y se levantó.

—Estoy impaciente. Esta noche cenaremos en casa. Me apetece acostarme pronto.

Él se marchó, y ella se quedó agarrando el cuaderno con todas sus fuerzas. Lo soltó lentamente y pasó las páginas hasta que encontró el dibujo que estaba dibujando. Era uno de los muchos de Theo dormido. Lo miró y vio su rostro vulnerable y apacible. Cuando estaba dormido era todo luz, sin oscuridad. Desgraciadamente, su corazón no hacía distinciones porque, despierto o dormido, la había cautivado y empezaba a temer que estaba enamorándose de él.

La pesadilla empezó como siempre. Una luz anunciaba la llegada de hombres y le seguía una escalera de cuerda y el descenso de los inmensos sicarios. Siempre se resistía y repartía algunos puñetazos, pero acababan dominándolo. El más alto y rudo, el que fumaba esos cigarros, siempre se reía y era esa risa, no el dolor, lo que provocaba sus gritos. Notó el grito que se le formaba en la garganta, pero unas manos firmes y delicadas lo despertaron.

–Theo... querido...

Él mantuvo los ojos cerrados y la abrazó hasta que las imágenes se esfumaron. Era paradójico que necesitara tanto a la hija del hombre que noche tras noche, durante doce años, lo había reducido a una piltrafa. Mientras la abrazaba, la idea que lo había perseguido durante varios días cobró cuerpo. Ya no quería seguir con esa venganza. El día anterior, se encontró pidiendo al consejo de administración que votara en un sentido contrario al que había pensado al principio. Ellos se quedaron atónitos y él, mucho más. Intentó convencerse de que no tenía sentido renunciar a un beneficio considerable, pero sabía que había cambiado de idea por otro motivo. Benedicto no estaba acabado ni mucho menos, pero, si lo remataba en ese momento, Inez podría abandonarlo y sentía escalofríos solo de pensarlo. Había conseguido ganar algo de tiempo al convencerla de que lo acompañara a la boda de Ari, pero después...

–¿Estás despierto, querido? –le preguntó ella en voz baja.

–Estoy despierto, *anjo*.

–No soy un ángel, Theo.

–Sí lo eres.

–Si fuese un ángel, podría acabar con tus pesadillas –replicó ella sin disimular el dolor.

–Tú no me hiciste esto, Inez.

–Lo sé, pero eso no quiere decir que no quiera que te cures.

–No tengo cura, cariño –replicó él, aunque empezaba a dudarlo.

Igual que empezaba a creer que la solución estaba entre sus brazos. Si hubiese una manera...

–¿Estás seguro? Hay terapias...

–Empiezo a creer que la situación no es tan desesperada para mí, *anjo*.

Ella palideció un poco, pero asintió lentamente con la cabeza y lo miró a los ojos.

–Espero sinceramente que acabe algún día, Theo.

Fueron unas palabras sencillas y sinceras, pero él se quedó helado por dentro porque dudaba mucho que pudiera encontrar la tranquilidad sin esa mujer entre los brazos.

Capítulo 12

A ÚLTIMA hora del viernes siguiente, en cuanto subieron al avión privado de Theo, Inez notó que algo iba mal. Theo iba de un lado a otro y su nerviosismo aumentaba a medida que se acercaba el despegue. Cuando llegó el piloto, Theo le dirigió una mirada tan penetrante que el hombre se fue apresuradamente a la cabina.

–Theo, siéntate. Estás poniendo nervioso a tu piloto.

Él soltó una carcajada y se dejó caer en el largo sofá que había enfrente de la butaca de ella.

–No te preocupes, está acostumbrado.

–¿A qué?

–A mi aversión a los sitios cerrados.

Ella se soltó el cinturón de seguridad y se sentó a su lado. Estaba sudando, y ella captó la angustia en sus ojos. Le puso el cinturón de seguridad y luego se puso el suyo mientras el avión se dirigía hacia la pista. Le tomó el brazo, se lo pasó por encima de los hombros y se apoyó en él, que la estrechó contra sí con la respiración entrecortada. Luego, la besó con desesperación hasta que tuvieron que separarse para respirar.

–Entenderás que no podemos besarnos hasta Bermudas, ¿verdad? –preguntó ella entre risas.

–¿Es un desafío? Apuesto lo que sea a que sí puedo –replicó él con una sonrisa arrebatadora.

Ella notó que su respiración ya no era entrecortada y suspiró con alivio.

–No, no es un desafío –ella recostó la cabeza en su hombro–. ¿Qué sueles hacer para volar?

–Normalmente, basta con que me tome unas pastillas para dormir antes de despegar.

–¿Por qué no las has tomado hoy?

–Porque estás tú –contestó él–. ¿Por qué me ayudas?

–No puedo olvidarme de lo que te hizo mi padre. No me considero un cordero sacrificado, pero tampoco quiero verte sufrir. Quiero ayudarte en la medida que pueda.

–¿Hasta cuándo? –preguntó él con aspereza por el recuerdo de su padre.

–¿Cómo dices? –preguntó ella poniéndose rígida.

–¿Estás contando los días hasta que quedes libre? –insistió él.

–Yo... Nosotros tenemos un acuerdo...

–Olvídate del acuerdo. Si ahora pudieras elegir, ¿te quedarías o te marcharías?

–Me quedaría...

Le felicidad que brotó dentro de él se disipó cuando se dio cuenta del tono inexpresivo.

–¿Pero?

–Pero esto no puede llegar a ninguna parte.

–¿Por qué? –preguntó él dominado por la impotencia–. ¿Porque te he chantajeado?

–No. Porque es imposible que haya una relación entre nosotros.

La visión se le nubló. La había presionado demasiado, se había dejado llevar por la venganza demasiado tiempo. La desesperanza le dejó un regusto amargo en la boca.

–Creo que los dos sabemos cuál es nuestro sitio.

Cuando ella se separó, él tuvo que hacer un esfuerzo para no retenerla. Inez, sin embargo, se quedó cerca. ¿Era por lástima? Intentó convencerse de que le daba igual, pero le importaba mucho más de lo que había calculado cuando la obligó a tomar esa estúpida decisión.

La idea de que se marchara lo atenazaba por dentro con un dolor como no había sentido jamás. El avión entró en un bache y la envió otra vez contra él. Ella no se apartó y él tuvo que recordarse que nunca había pensado quedársela para siempre.

El complejo hotelero Pantelides Bermuda era una joya entre palmeras y arena blanca. Se montaron en un todoterreno descubierto y Theo condujo hacia su villa. Eran edificios impresionantes conectados por puentes de madera sobre un agua azul turquesa. Les rodeaba una mezcla embriagadora de azules, verdes y amarillos. Su villa era completamente blanca, con techos altos y una cama inmensa con cuatro postes que dominaba el dormitorio principal. Theo, quien no había dicho más de una docena de palabras desde que aterrizaron, le pidió al maletero que dejara el equipaje en el dormitorio principal y salió a la terraza de madera.

–Esta tarde hay una barbacoa. Perla pensó que antes querríamos descansar. Tú puedes descansar si quieres, yo iré a encontrarme con Sakis y Ari –comentó antes de dirigirse hacia la puerta.

A ella le dolió la evidencia de que no era bien recibida, aunque no supo por qué le sorprendía. Él había entreabierto la posibilidad de que siguieran con eso que había entre ellos y ella la había cerrado dando un portazo. Una parte de ella se sentía orgullosa por no haber agarrado esa posibilidad con las dos manos, pero a la otra parte se le desgarraba el corazón al pensar en su futuro. Era la parte que se había enamorado perdidamente de Theo a pesar del caos que los rodeaba. Sin embargo, como se había repetido una y otra vez en el avión, estaba haciendo lo que tenía que hacer para que no le destrozara el corazón, porque era imposible que Theo estuviese dispuesto a tenerla como un recordatorio permanente. Al menos, no lo bastante como para amarla. La verdad era que habían acabado en la cama por una atracción disparatada y la atracción acababa apagándose. Al final, cuando la atracción se hubiese extinguido, solo quedaría el recordatorio de que estaba relacionada con el responsable de sus demonios internos y de sus cicatrices externas. Él estaba mejor sin ella.

Su corazón se quejó por esa decisión, pero fue al dormitorio y puso la maleta encima de la cama. Tenía que sacar el vestido que había llevado para la boda antes de que se arrugara irremediablemente. Abrió la maleta y se quedó helada. Encima de la ropa había un estuche rojo parecido al negro que Theo le ofreció hacía unos días. Lo tomó con una mano temblorosa y lo abrió. Se quedó boquiabierta el ver el resplandeciente collar. Era una cadena de platino con un diamante en forma de gota colgando. El diseño era sencillo y elegante, y tan impresionante que no pudo evitar acariciar la piedra. Tragó el nudo que se le había formado en la garganta y dio un respingo cuando oyó que llamaban a la puerta. La abrió con una sonrisa porque pensaba que era Theo que se había olvidado la llave y se quedó de piedra al ver a dos mujeres increíblemente hermosas. Una estaba embarazada de varios meses y la otra llevaba un bebé en los brazos.

–Perdona que nos hayamos presentado así, pero Theo no dejó muy claro si estabas descansando o no. Nunca lo había visto tan disperso, ¿verdad? –la pelirroja embarazada miró a la rubia de ojos azules–. Normalmente es muy rápido con esos graciosillos, pero hoy... En cualquier caso, hemos pensado en acercarnos para saludarte por si no estabas descansando y... ¡Ese collar es maravilloso! –exclamó la pelirroja pasando un dedo por el diamante. Entonces, se dio cuenta de que Inez la miraba atónita y se rio–. Perdona. Soy Perla, pronto Pantelides. Ella es Brianna Pantelides, la mujer de Sakis. El pequeño rompecorazones es Dimitri.

–Yo soy Inez da Costa. Soy una... compañera de trabajo de Theo.

Las dos mujeres volvieron a mirarse y ella intentó romper el incómodo silencio.

–Pasad, por favor.

–¿Estás segura? –preguntó Brianna.

–Sí, claro. Solo estaba deshaciendo el equipaje y...

–¿Por qué lo haces tú? –le interrumpió Perla con el ceño fruncido–. Tenemos dos mayordomos y tres empleados para cada villa.

–Creo que Theo los ha... despedido –contestó ella mordiéndose los labios al ver que Perla arqueaba las cejas.

–¿De verdad? Ari también lo hizo la primera vez que llegamos aquí hace cuatro meses. Luego tuvimos una discusión descomunal –añadió Perla con una sonrisa y acariciándose el vientre.

Brianna se rio, se sentó en el sofá, se abrió la camisa y empezó a darle el pecho a su hijo. Perla también se sentó en el sofá y las dos la miraron con curiosidad.

–No te entretendremos mucho tiempo. Solo quería contarte el plan. Esta noche tendremos una cena informal y luego haremos un breve ensayo. Los invitados llegarán por la mañana y la boda será a las tres, ¿de acuerdo?

–De acuerdo.

Ella esbozó una sonrisa y Brianna abrió los ojos como platos.

–¡Vaya! ¡Eres increíble! ¿Cómo conociste a Theo?

–¡Brianna! –le regañó Perla.

–¿Qué?

Inez intentó sofocar la tristeza que se había adueñado de ella de repente. Esas dos mujeres, además de familia, eran amigas. Sin embargo, la familia de ella era un desastre absoluto y no tenía amigas con las que hablar. Esbozó otra sonrisa forzada.

–Él tenía unos asuntos en Río y yo estaba... estoy ayudándolo a resolverlos.

–Claro –Perla se levantó trabajosamente y le dio un ligero codazo a Brianna–. Te dejaremos tranquila. Creo que los chicos se van a remar dentro de una hora. Es algo que no deberías perderte si no lo has visto antes.

Brianna apartó a su hijo del pecho y se lo puso en un hombro mientras se levantaba. Entonces, la puerta se abrió y la inmensa figura de Theo apareció a contraluz. Su mirada se clavó en ella, la bajó al estuche que seguía teniendo en las manos y volvió a subirla a sus ojos. A ella se le secó la garganta y la llama que siempre le ardía por dentro se avivó con fuerza.

–Theo... –murmuró Perla.

–¿Qué? –preguntó él con aspereza sin dejar de mirar a Inez.

–Tienes que apartarte para que podamos salir.

Él entró con un gruñido y Brianna puso los ojos en blanco. Las mujeres se marcharon farfullando algo y él se volvió con una sonrisa que fue disipándose cuando la miró a los ojos.

–¿Te han molestado? –le preguntó con cierta preocupación.

–No. Han sido encantadoras.

–No sé si son encantadoras, pero las tolero.

Para desmentir sus palabras, lo dijo con un cariño que a ella le llegó muy hondo. Theo entendía la familia. Se había quedado desolado cuando la suya se rompió, pero, aun así, había querido destrozar la de ella. Aunque entendía el motivo, la idea le dolía profundamente.

–Inez...

Ella se dio media vuelta y fue al dormitorio. Él la siguió y le agarró la muñeca cuando iba a dejar el estuche.

–¿Qué pasa?

–¿Qué no pasa?

Él entrecerró los ojos.

–Si Perla o Brianna te han dicho algo para alterarte...

–No. ¡Ya te he dicho que fueron maravillosas! Fueron amables, graciosas e... increíbles –replicó ella tragando saliva para contener las lágrimas.

–Solo habéis estado veinte minutos juntas.

–Suficiente.

–¿Para qué?

–Para saber que quiero lo que ellas tienen y que, probablemente, yo no tendré nunca. Hasta el momento, mi historial es aterrador.

–¿Qué historial? –preguntó él con el ceño fruncido.

–Constantine me utilizó para tirar inmundicias sobre mi padre y...

–No quiero que digas su nombre en mi presencia –le interrumpió él en un tono implacable.

–¿Y tú? Haces que espere cosas que no tengo derecho a esperar, Theo. Haces que sea una necia.

–Eres la persona más valiente y leal que conozco –dijo él con seriedad–. Yo soy el necio.

Las palabras de Theo todavía le retumbaban en la cabeza mientras miraba a los tres hermanos remar en una armonía perfecta. Él estaba en medio, Sakis delante y Ari detrás. Ella, cautivada, miraba sus hombros, que se tensaban con una elegancia natural y una eficacia absoluta.

–¿No es un espectáculo digno de verse? –le preguntó Perla con un suspiro.

–Sí –reconoció ella con la voz ronca.

–Creo que lo hacen para ponernos a cien y preocuparnos –se quejó Brianna en tono burlón.

Cuando los hombres volvieron por fin, las dos mujeres se unieron a ellos. Theo la miró con cierto enojo, se apartó del grupo y se acercó a ella.

–No esperaba verte aquí. Deberías estar descansando.

–Me han invitado. Espero no estar metiéndome donde no me llaman.

–Si te han invitado, no estás metiéndote donde no te llaman. Ven, acompáñanos.

Theo le tomó una mano y la llevó a donde Ari y Sakis estaban volcando la piragua para secarla. La miraron fugazmente, pero casi ni la hablaron. Además, cuando Ari le pidió a Theo que los acompañara a la caseta de las piraguas, se le cayó el alma a los pies.

Perla le buscó un todoterreno para que la llevara a la villa y, cuando Theo volvió, media hora más tarde, tenía los dientes apretados, la tomó en brazos sin contemplaciones y la llevó al dormitorio.

Le hizo el amor con una pasión silenciosa e implacable que la dejó muda y sin respiración antes de que se quedara dormido a su lado. Los ojos se le empañaron de lágrimas, pero se las secó inmediatamente. No tenía sentido soñar que las cosas se volverían de color de rosa por arte de magia. Por mucho que quisiera desear lo contrario, estaban en la cuenta atrás para separarse.

La boda fue preciosa y elegante sin estridencias, como solo podía organizarla Perla, una extraordinaria organizadora de celebraciones aunque estuviese embarazada de siete meses. Inez observó al novio y la novia bailar y tuvo que reprimir los sentimientos que se adueñaban de ella. Theo nunca sería suyo. Ella nunca celebraría una boda así ni él la miraría como Ari estaba mirando a su esposa. Ella nunca sentiría el peso de su hijo en el vientre ni le daría el pecho. La desesperanza se apoderó de ella aunque sabía que Theo le había hecho un favor al llevarla allí. No la necesitaba para librarlo de sus pesadillas. Tenía una familia que lo adoraba. Ella tenía que seguir con su vida, ya había pasado el momento de estar en casa de Theo y en su cama. Se alegraba de que la hubiese convencido para que siguiera con su trabajo de voluntaria. Agradecía tener esa tabla de salvación en un mundo que se deslizaba fuera de control. Se fijó en él, que estaba bailando con una elegante mujer de expresión triste y algo canosa. Ella le dijo algo y él la miró con una sonrisa cautelosa que la entristeció más. Entonces, Inez oyó los balbuceos de un niño, se dio la vuelta y se encontró con Brianna al lado.

–Es su madre. Se habían distanciado, pero creo que están encontrándose otra vez –Brianna la miró con una sonrisa–. Espero que vosotros también os encontréis.

–Me temo que eso es imposible –replicó Inez sacudiendo la cabeza.

–Créeme –Brianna se rio–, lo imposible puede ser posible en esta familia. He aprendido a no descartar nada.

Sonrió a su hijo y se alejó para dirigirse hacia su marido. Ella vio que Sakis rodeaba con los brazos a su esposa y a su hijo y las lágrimas le nublaron la vista.

–¿Qué pasa ahora? –le preguntó Theo al oído.

–Nada –ella parpadeó y esbozó una sonrisa forzada–. Las bodas me emocionan, nada más.

–Baila conmigo –le pidió él agarrándola del codo para llevarla a la pista.

–Tienes una familia muy grande –comentó ella para rellenar el silencio.

–Algunas veces pueden ser un dolor de cabeza.

–Sin embargo, todos os preocupáis por los demás.

–La fuerza de la costumbre –replicó Theo encogiéndose de hombros.

–No, no es eso. ¿Ari sabe quién soy?

–Lo sospecha. Yo no se lo he contado ni lo he negado porque no es de su incumbencia. Puede sacar las conclusiones que quiera. ¿Por qué lo preguntas?

–Porque me ha mirado como un ave de presa desde

que he llegado y no me ha dirigido más de dos palabras. Lo que tienes con tus hermanos no es costumbre, es amor.

–El amor no ha acabado con las pesadillas que me han perseguido todos estos años, Inez –replicó con un dolor estremecedor en la voz.

–Porque no lo has permitido. Te resististe a que te ayudaran porque creías que tenías que enfrentarte solo a esos demonios, que tenías que hacer las cosas a tu manera.

–No quería parecer débil. No podía soportar que no pudiera entrar en una habitación oscura. No podía oler un cigarro sin ponerme a sudar. ¿Sabes lo que se siente? –preguntó él.

–No, pero sí sé que nunca desaparecerá si lo mantienes dentro de ti.

Su calidez y su fuerza lo impresionaron y quiso agarrarla con todo su ser. De repente, parecía que la mujer que tenía delante reunía todo lo que siempre había anhelado.

–Ya no lo tengo dentro de mí. Hace un mes, seguía siendo el chico desorientado que Ari sacó de un agujero hace doce años, pero tú has hecho algo.

–No, yo no soy la responsable de eso.

–Sí lo eres –le susurró él al oído agarrándola de la nuca–. Me has visto, Inez. No puedo dormir con la luz apagada. Me dominaba el pánico si alguien cerraba la puerta detrás de mí. Por eso me rodeé de cristal. Gracias a ti, pude volar hasta aquí sin pastillas para dormir.

–Aun así, no me hablaste durante horas.

–Todo está patas arriba en este momento –él resopló–. Vamos a pasar la boda y a volver a Río. Entonces, resolveremos lo que hay entre nosotros porque todavía no puedo dejarte marchar.

Capítulo 13

TE LO dije, eres mucho mejor que una pastilla para dormir.

Inez se rio mientras él le bajaba el vestido. Lo dejó en el suelo del dormitorio del avión y esperó a que ella se quitara los zapatos antes de dirigirse a la cama. Entre los pechos estaba el colgante que tanto le había complacido que se hubiese puesto.

–No te lo quites.

El avión entró en una turbulencia y cayeron juntos a la cama en un revoltijo de besos ardientes.

–Me alegro de servir para algo –comentó ella entre risas cuando se separaron para respirar.

–Tú has alcanzado el objetivo final de mi vida, querida. Ahora, más que nunca, eres mi salvadora, mi ángel.

Le tomó la cara entre las manos y la besó. Ella cerró los ojos como si pudiera percibir su alma en ese beso y acalló la voz que le decía que estaba engañándose a sí misma. Cuando terminó de desvestirla, dominó las lágrimas mientras él le hacía el amor con una pasión que le llegó al alma. Luego, lo abrazó hasta que se quedó dormido. Ella, incapaz de dormirse, rememoró la boda. Theo le había presentado a su madre y ella había vuelto a captar su tristeza. Cuando su hijo la abrazó al final de la boda y le murmuró algo al oído, ella rompió a llorar. Todos los hermanos la rodearon para consolarla y, entonces, Ari la miró con una sonrisa contenida y un gesto de la cabeza. No había sido un gesto de aceptación, pero tampoco había sido el recibimiento gélido de antes. Mientras hacían el equipaje, le preguntó a Theo qué había pasado.

–Se desmoronó cuando detuvieron a mi padre. Se marchó de Atenas y se encerró en la casa que tenemos en Santorini.

–Entonces, no hizo nada cuando te secuestraron, ¿verdad?

Un dolor desolador se reflejó en su rostro, pero pronto dejó paso a algo más conmovedor todavía: el perdón.

–No, no hizo nada, pero tuve a Ari y a Sakis. Ellos fueron fuertes y lo fueron por ella. Se lo he dicho esta noche porque creía que los dos teníamos que oírlo.

Sus palabras habían resonado muy dentro de ella, pero lo que más resonaba en su cabeza era que le hubiese dicho que todavía no podía dejar que se marchara. Se le encogió el corazón. Pensaba conservarla un tiempo en la cama como un trofeo al que no quería renunciar, y su necio corazón había dado saltos de alegría ante la idea de estar más con él.

Se despertó al notar unos besos en la frente y en la mejilla y abrió los ojos.

–Vaya, ya te has despertado. Acabamos de aterrizar.

–¿Ya? –ella bostezó–. Me siento como si acabara de dormirme.

–Son las tres de la tarde y tenemos que hacer muchas cosas antes de que llegue la noche.

Ella vio su amplia sonrisa y su corazón le dio un vuelco de alegría.

–Pareces de muy buen humor.

–Tengo motivos –replicó él abrazándola.

–¿Cuáles? –preguntó ella con delicadeza.

–Por primera vez en doce años, he dormido sin tener una pesadilla.

El rostro de ella se iluminó, le tomó la cara entre las manos y lo besó con ternura.

–Theo, me alegro muchísimo por ti.

–Yo me alegro por nosotros. Ahora, muévete si no quieres que el agente de aduanas te vea así.

Ella se levantó y se vistió. El móvil de Theo empezó a recibir mensajes en cuanto se bajaron del avión y ella no se acordó de lo que le había dicho al despertarse hasta que llegaron a su casa.

–¿Qué querías decir con eso de que tenemos que hacer muchas cosas antes de que llegue la noche? No iremos a salir, ¿verdad?

–No, no vamos a salir, pero tenemos un invitado.

–¿Un invitado? ¿Quién?

–He invitado a tu padre a cenar.

Ella se tambaleó como si le hubiese caído un cubo de agua helada.

–¿Y no se te ocurrió decírmelo? ¿Qué te hace pensar que quiero verlo?

–Tenemos que hacerlo. Ha llegado el momento de dejar este asunto zanjado.

–¿Y no te importa lo que me parezca a mí?

–Creía que habíamos acordado arreglar las cosas cuando llegásemos a Río.

–Sí, pero, cuando hablaste de nosotros, creía que te referías a ti y a mí. Qué tonta. Yo no soy yo sin mi padre, ¿verdad?

–¿De qué hablas? Claro que lo eres.

–Entonces, ¿por qué has organizado esto a mis espaldas?

–Porque yo tengo la culpa de que estés en medio de todo esto. Tuve la oportunidad de arreglar las cosas con mi madre en Bermudas. Es posible que no recuperemos lo que teníamos, pero lo prefiero a no tener nada. La relación que quieras tener con tu padre es asunto tuyo, pero yo creé ese conflicto en tu vida y tengo que arreglarlo.

Ella se calmó, pero no pudo dejar de pensar que algo

grave había ocurrido en el trayecto desde al aeropuerto a su casa.

El timbre de la puerta sonó a las siete en punto. Ella se alisó el mono negro con Theo al lado. El mayordomo entró en la sala seguido por Benedicto da Costa, que se detuvo, entrecerró los ojos y los miró alternativamente con un gesto de rabia y maldad gélida que ella había intentado no ver en el pasado. Sin embargo, en ese momento, vio quién era en realidad. Las cicatrices de Theo pasaron por su cabeza y apretó los puños.

—No te estrecharé la mano porque no es una visita social —le dijo a Theo con frialdad—. Tampoco cenaré contigo.

—Me parece perfecto. Cuanto antes acabemos con esto, mejor, pero te recuerdo que estás aquí solo por Inez. Es posible que sea tu hija, pero está bajo mi protección. El asunto que tenemos tú yo quedará concluido antes de que termine la semana.

—¿Vas a permitir que hable así a tu padre? —le preguntó Benedicto a su hija—. Me decepcionas.

—No me sorprende. Te he decepcionado desde que nací siendo una niña, papá.

—Tu madre estará revolviéndose en la tumba por tu comportamiento.

—Al contrario. Mamá me decía todos los días que estaba orgullosa de mí. También me animaba a que siguiera mis sueños. Ella quiso ser escultora. ¿Lo sabías?

—¿Adónde quieres llegar?

—Ella tenía talento, papá, pero renunció por ti. Fue ella, no tú, quien me enseñó lo que significa la lealtad y la familia. Tú solo quieres aprovecharte de la lealtad en tu beneficio.

Él se crispó y miró a Theo, quien había estado de pie con los brazos cruzados y una leve sonrisa.

—¿Para esto he venido? ¿Para que una hija ingrata me dé lecciones?

–A mí me está pareciendo bastante entretenido –contestó Theo encogiéndose de hombros.

–Si quieres llegar a alguna parte, hijo, te recomiendo que lo hagas.

Theo se quedó petrificado y dejó de sonreír. La ira se apoderó de él e Inez pudo ver que apretaba los dientes y tomaba aliento para dominarse.

–No soy tu hijo y tú no eres digno de ser padre. Es una pena que no aprendieras a ser padre de la madre que te dio a luz en esa favela de la que reniegas. No lo niegues, sé todo lo que hay que saber de ti, Da Costa.

Benedicto mostró cautela por primera vez desde que había entrado. Se dirigió al mueble bar, se sirvió un whisky de malta sin pedir permiso y dio un sorbo.

–He alterado un poco la verdad. ¿Y...? Ya has desacreditado mi campaña. ¿Qué más quieres? ¿Mi empresa? ¿Quieres quedarte Da Costa Holding por cuatro perras? Antes muerto.

–Te aseguro que hace unas semanas habría estado encantado de concederte tu deseo –replicó Theo en tono amenazante–, pero te equivocas. Tu empresa no me interesa.

–¿Qué ha cambiado? –preguntó Benedicto con más cautela todavía.

–Tu hija –contestó Theo mirando a Inez.

–¿De verdad?

–Papá, ¿de verdad no sabes quién es? –le preguntó Inez con incredulidad.

–Claro que lo sabe –intervino Theo con una sonrisa amarga–. Solo espera que yo no sepa lo que hizo hace doce años.

Benedicto tragó saliva y se quedó pálido como la cera.

–No tengo ni idea de lo que estás hablando.

Ella se dirigió hacia él dominada por la rabia, el dolor y la decepción.

–¡No te atrevas a negarlo! –su voz se quebró con un sollozo–. ¡Secuestraste y torturaste a un chico por dinero! ¿Cómo fuiste capaz?

Los ojos que ella llegó a creer que eran como los suyos se oscurecieron por una rabia siniestra.

–¿Cómo fui capaz? Lo hice por ti. ¿De dónde creías que salía el dinero para que llevaras esa ropa tan elegante y condujeras esos coches tan buenos? Lo necesité para salvar la empresa. Además, era mi dinero. ¿Por qué iba a tener que volver a trabajar la tierra solo porque Pantelides no pudo evitar que su amante lo delatara?

–Eres un auténtico monstruo –murmuró Inez llevándose las manos a la boca.

Su padre apretó los dientes y se dirigió a Theo.

–¿Ahora es cuando le entregarás a las autoridades el informe que hayas redactado sobre mí?

–¿Para que puedas salir de la cárcel con sobornos? No.

–Entonces, ¿puede saberse qué quieres? –preguntó Benedicto con el ceño fruncido.

Theo la miró casi con alivio, como si se hubiese quitado un peso de encima.

–Eso depende de Inez y solo de ella. Yo no quiero saber nada más de ti.

Inez levantó la cabeza y miró a los dos hombres. Uno era alto, orgulloso e impresionante. Cuando miró al monstruo que era su padre, las lágrimas le empeñaron los ojos.

–No tengo nada más que decirte. No quiero volver a verte. Adiós.

Inez se dio media vuelta y salió corriendo escaleras arriba.

Theo no tardó ni un segundo en expulsar a Benedicto. Ya no quería ningún resarcimiento, había dejado

de quererlo casi desde que conoció a Inez. Imprudente-
mente, había creído que la reunión sería rápida y catár-
tica, pero solo había conseguido que Inez sufriera más.
Empezó a subir las escaleras hacia su suite. Quizá ella
hubiese tenido razón. La había atosigado en su afán por
resolver la situación entre ellos, pero tenían que supe-
rarlo. Los sentimientos que había intentado dominar le
explotaron en la cara cuando se despertó en el avión esa
tarde. Una vez desaparecidos el miedo y la ansiedad,
había visto claramente por qué quería despertarse todas
las mañanas con Inez. Fue un sentimiento tan intenso
que estuvo a punto de soltarlo, pero decidió esperar
hasta que ella hubiese visto a su padre. Sin embargo, en
ese momento, habría preferido no hacerlo. Debería haberle dicho cuánto significaba para él antes de dejar que
su padre descargara su ira sobre ella. Apretó los labios
y abrió la puerta del dormitorio.

–Inez, siento que...

Ella lo miró con los ojos rojos por las lágrimas y con
dos maletas abiertas encima de la cama.

–¿Qué estás haciendo? –preguntó él, aunque parecía
evidente que estaba haciendo el equipaje.

Las manos le temblaron sujetando una camiseta de
seda antes de que la guardara en una maleta.

–Gracias por abrirme los ojos para que viera cómo
es de verdad –murmuró ella.

–Ahórrate las gracias y dime qué estás haciendo –replicó él con tensión.

–Me marcho, Theo –contestó ella secándose unas lágrimas de la mejilla.

–¿Qué? ¿Vas a volver a casa de tu padre?

–No –ella se estremeció de los pies a la cabeza–.
Nunca podría vivir allí otra vez.

–Entonces, ¿adónde vas? –preguntó él con el ceño fruncido.

–Me quedaré con Camila.

Él se acercó y, cuando ella agarró los pantalones cortos, se los arrebató y los tiró a la cama.

–Me parece que me he perdido algo. ¿Por qué no me lo aclaras?

–No puedo quedarme aquí. Él tiene razón. La comida que nos dio, la ropa que me vistió, la refinada educación, todo fue fruto de tu sufrimiento. Nunca dejé de darle vueltas, pero recuerdo el día que llegó a casa, hace doce años, y le dijo a mi madre que nuestros problemas se habían solucionado. No éramos pobres, pero después de que presionara a mi madre para que vendiera el rancho, hizo algunas inversiones equivocadas y la empresa se resintió. Discutían mucho y yo me acostaba rezando para que dejaran de discutir. ¿Puedes imaginarte cómo me sentí cuando se atendieron mis plegarias? Ahora, después de tanto tiempo, me entero de que fue costa de tu...

Ella se atragantó, se calló y tiró más ropa dentro de la maleta. Él no podía encontrar una réplica. La miraba atormentarse y no podía hacer nada para evitarlo.

–*Anjo...*

–No soy un ángel, Theo. Soy la hija de un monstruo que tortura a chicos sin el más mínimo arrepentimiento. ¿Cómo puedes mirarme siquiera?

–¡Porque tú no eres él! –contestó él agarrándole las manos para que lo mirara–. Tú no eres responsable de sus actos. Quédate, Inez. Dijimos que hablaríamos de nosotros después de habernos reunido con él.

–Pero no somos una pareja. Nosotros... nos acostamos por las circunstancias. No habrías pisado Brasil de no haber sido por mi padre.

–Entonces, ¿te marchas porque crees que no estamos hechos el uno para el otro? –preguntó él intentando imaginarse lo que sentiría si se alejaba de él.

–Me marcho porque tienes que olvidarte de tu suplicio y de todo lo relacionado con él.

Él le soltó la mano y la miró. El hielo que había ido adueñándose de él desde que entró en esa habitación se endureció alrededor de su corazón. Miró su rostro devastado por las lágrimas y buscó un resquicio de esperanza que le permitiera salir de esas arenas movedizas.

–Entonces, ¿es tu decisión definitiva? ¿Lo haces por mí, pero yo no puedo decir nada?

Ella se limitó a meter la ropa que quedaba, a cerrar las maletas y a bajarlas de la cama.

–Inez, ¡contéstame!

–*Adeus*, Theo –se despidió ella desde la puerta.

–¡Vete al infierno!

–La mesa cuatro necesita otra *feijoada* y una botella de rioja –Camila entró en la cocina, miró al puchero que estaba revolviendo Inez y asintió con la cabeza–. Fantástico. Ahora vuelvo.

Camila se marchó otra vez. Inez se secó el sudor de la frente y miró por encima del hombro.

–Pietro, trae la botella. Yo serviré la *feijoada*.

–¿Quién te ha nombrado reina de la cocina? –preguntó su hermano poniendo los ojos en blanco.

–Yo, cuando gané a cara o cruz.

Ella sonrió como no sonreía desde hacía mucho tiempo. Todavía pensaba en Theo cada diez segundos, pero, si podía bromear con su hermano, eso quería decir que el corazón desgarrado acabaría curándose, ¿no?

–Sigo creyendo que hiciste trampas –farfulló Pietro.

–Bueno, pero tú le explicarás a Camila por qué no está la botella de rioja cuando vuelva.

–Mañana, yo tiraré la moneda.

Pietro desapareció por las escaleras que bajaban al sótano que servía de despensa y bodega. Si había algo positivo en todo ese marasmo de sufrimiento, era que su hermano y ella habían conseguido unirse como ella nunca había soñado que fuese posible. Todavía tenían que decidir lo que querían hacer después de haber abandonado la casa y la empresa de su padre, pero Camila los había animado para que se tomaran tiempo para serenarse y reencontrarse. Cuando les ofreció ese trabajo en el restaurante, los dos lo aceptaron sin pensárselo. Ella lo compaginaba con el de voluntaria y se mantenía muy ocupada. Así evitaba que el dolor fuese insoportable. Bastante tenía con quedarse desvelada por las noches preguntándose si tendría el corazón desgarrado para siempre, si Theo se habría marchado de Río en las tres semanas que habían pasado desde su amarga despedida, si se habría librado de las pesadillas para siempre o si su breve paso por su vida las habría empeorado. Sin embargo, Theo era fuerte, sobreviviría... Era verdad, pero había dicho que ella era su salvadora, su ángel, y lo había abandonado.

–¡No! –exclamó ella en voz alta.

–No, ¿qué? Si me dices que he traído el vino equivocado, tendrás que bajar tú misma a por él.

Ella negó con la cabeza sin mirarlo y se dio la vuelta cuando Camila entró otra vez.

–Tenemos otra reserva. Una *feijoada* para la mesa uno.

–Vaya, hermanita, estás a tope. Yo iré a servirlo y...

–No –le interrumpió Camila–. No he tomado nota de la bebida y creo que también quieren un aperitivo. ¿Te importaría ocuparte?

–¿Yo? –preguntó Inez arqueando una ceja–. No estoy vestida para salir a servir.

–Bobadas. Esto no es un restaurante de lujo. Además, te vendrá bien alejarte un poco de los fogones. Arréglate un poco el pelo y sal a tomar el pedido.

Inez dejó escapar un suspiro de cansancio, se lavó las manos y se las secó en el delantal. Se lo quitó y lo colgó del gancho. Tomó un lápiz, un bloc y un menú.

Abrió la puerta batiente con la cadera y se dio la vuelta hacia la mesa uno.

–Tú...

Se atragantó y oyó que las cosas que llevaba en la mano caían al suelo. Alguien las recogió y se las devolvió. Ella quiso darle las gracias, pero estaba muda. Estaba paralizada mirando a Theo.

–No puedes quedarte ahí toda la noche, querida. La vida pasará de largo –le susurró Camila.

Ella tomó aliento y empezó a moverse. Los ojos color avellana no dejaron de mirarla. Estaba tan poderoso y magnífico como siempre y hasta sus pómulos parecían algo más prominentes.

–Siéntate.

El corazón le dio un vuelco al oír su voz y tuvo que pasarse la lengua por los labios resecos.

–No puedo. Estoy trabajando.

–Camila me ha concedido una autorización especial. Siéntate.

–¿Qué haces aquí? –le preguntó ella en tono cortante mientras se sentaba.

–Estaba vaciando la casa y me encontré algo que te habías olvidado.

Theo alargó una mano junto a sus pies, sacó el cuaderno de dibujo y lo dejó encima de la mesa.

–Gracias... –ella hizo una pausa hasta que recuperó el habla–. Entonces, ¿te marchas de Río?

–Ya no me queda nada aquí –contestó él encogiéndose de hombros.

Los ojos le escocieron por las lágrimas y el corazón se le hizo añicos.

–Te...Te deseo lo mejor.

–¿De verdad? –preguntó él con sarcasmo–. Me gustaría creer a la mujer que tengo enfrente, pero la mujer que dibujó esto... –él pasó unas páginas del cuaderno antes de detenerse– esta mujer tenía agallas. Era suficientemente valiente como para dibujar lo que había en su corazón y le brotaba del alma. Mírala.

Ella sacudió la cabeza sin dejar de mirarlo y con todo el cuerpo tembloroso.

—¡Mírala, maldita sea!

Ella bajó la mirada. El primer dibujo era el que le hizo después de que hicieran el amor la primera vez en el barco. Los siguientes eran variaciones de ese dibujo. Había captado a Theo en distintas posturas y cada vez con más detalle, hasta el último de él con sus hermanos riéndose en la boda. Lo había dibujado de memoria durante la última noche que pasaron en Bermudas. Él pasó la página y el hijo de Brianna y Sakis la miró fijamente. Dimitri ya tenía el aire fuerte y cautivador de los Pantelides y ella lo había aprovechado en los dibujos siguientes, cuando no pudo resistir el anhelo de transmitir a papel cómo sería un hijo suyo con Theo.

—Pensarás que soy una acosadora chiflada.

—No hay acoso cuando el acosado está chiflado por la acosadora.

—No puedes estarlo, Theo. Te destrozaré la vida.

—Creía que mi vida estaba destrozada antes de conocerte. Estaba corroído por la ira y la sed de venganza. Dejé que la venganza me impidiera ver lo que era importante: la familia y el amor. Creí que no merecía la pena luchar por nada más, pero me equivoqué. Estabas tú. Mi vida se destrozará solo si tú no estás en ella.

Las lágrimas que había intentado contener se le desbordaron y le cayeron por las mejillas.

—¿Qué hay ahí? —preguntó él mirando a una puerta.

—Una sala para fiestas privadas.

—¿Hay alguna fiesta esta noche?

Ella negó con la cabeza. Él se levantó, la arrastró consigo, entraron en la sala y cerró la puerta.

—Me has dicho que solo te veré como a la hija de un monstruo, pero también eres la hija de una madre que te adoraba y se alegraba todos los días de lo especial que eres. ¿Qué crees que sentiría si te viera aquí encerrada y castigándote por lo que hizo tu padre?

Ella cerró los ojos, pero no pudo dominar las lágrimas.

–Abre los ojos, Inez.

Ella sollozó y lo miró con la vista nublada.

–Ahora, ábrelos de verdad para que puedas ver la persona maravillosa que yo veo. La persona valiente y con talento que dibujó esos dibujos. Tienes un sueño y quiero formar parte de él.

–Theo... Quiero con toda mi alma que ese sueño se haga realidad.

–Entonces, por favor, perdóname por haberte chantajeado y danos esa oportunidad.

–No tengo que perdonarte nada. Si acaso, debería darte las gracias por haberme sacado de mi desoladora existencia. Me diste fuerza para luchar por lo que quería incluso antes de que te conociera de verdad.

–Entonces, ¿me darás la oportunidad de demostrarte que soy digno de tu amor y me dejarás mostrarte lo mucho que significas para mí?

Ella le acarició la cara y tomó aire entrecortadamente cuando él le besó la palma de la mano.

–*Meu querido*, me enamoré tan absurdamente pronto cuando te conocí, que juré que nunca lo confesaría.

Ella sonrió de oreja a oreja cuando él dejó escapar una carcajada de asombro.

–*Anjo*... No discutas conmigo. Te amo, eres mi ángel y seguiré repitiéndolo hasta que lo creas.

–Nuestro futuro no va a ser una travesía muy tranquila, ¿verdad?

–No –él la besó hasta que la cabeza le dio vueltas del placer–, pero eso será parte de nuestra historia. Por cierto, hablando de travesías. He mandado algunos de tus dibujos a los diseñadores de Grecia y están interesados en hablar contigo, si tú quieres.

–¿De verdad? –preguntó ella boquiabierta.

–De verdad. Debería darte más buenas noticias. Ese temblor de alegría es muy provocador y...

Ella le tapó la boca y miró la puerta justo cuando dos mensajes de texto sonaron en el móvil de él, que gruñó e iba a leerlos cuando llamaron a la puerta.

–Sabía que debería haber encontrado un sitio más tranquilo.

La puerta se abrió y Pietro entró con una botella de champán y dos copas. Theo se puso serio, pero Pietro dejó la botella y las copas y lo miró fijamente.

–Te ocupaste de mi hermana cuando yo era demasiado burro para hacerlo. Estaré en deuda contigo toda mi vida.

Pietro le tendió la mano y Theo se la estrechó después de unos segundos.

–No hace falta. Aprecio a cualquier hombre que no teme llamarse burro.

Pietro se rio algo cohibido y se dio la vuelta para marcharse.

–Gracias por el champán, pero ¿cómo lo has sabido? –le preguntó Theo.

Inez tuvo que hacer un esfuerzo para contener la risa. Pietro puso los ojos en blanco y señaló con la cabeza hacia una pared.

–Hay una abertura que da a la cocina. Camila ha estado mirando desde que entrasteis.

Theo se dio la vuelta justo cuando la abertura se abrió más y Camila los miró con una sonrisa.

–Tus *feijoadas* son muy buenas –le comentó a Inez–, pero siempre he sabido que tu destino estaba en otra parte –añadió la mujer mandando un beso con la mano antes de cerrar la abertura.

Pietro se marchó y Theo la miró fijamente.

–¿Estás preparada para empezar nuestra aventura, *ágape mou*?

–¿Qué quiere decir eso?

–Mi amor. Aprendí portugués por el motivo equivocado, pero te enseñaré griego por el acertado.

–¿De verdad estabas pensando en marcharte de Río? –le preguntó ella agarrándolo de la camisa.

–Sí. Cuando hice que Benedicto registrara la empresa a tu nombre y el de Pietro, ya había terminado con la venganza y la idea de haberte perdido por el camino casi me mata.

–¿Qué...? ¿Hiciste que nos dejara la empresa? Theo, ¡no la queremos!

–Era de tu abuelo y luego fue de tu madre. Es justo que sea tuya y de Pietro. Si no la queréis, seguro que encontraréis alguna manera de sacarle provecho.

–Sí. Sería una gran ayuda para el centro y los niños de las favelas.

–Perfecto, nos ocuparemos.

–Te amo, Theo –reconoció ella mirándolo a los ojos–. Gracias por volver a por mí.

–No podía dejar de volver, *anjo*, porque estoy perdido sin ti.

La besó con tanta intensidad y profundidad que hizo que a ella le brotaran las lágrimas otra vez.

–Tenemos que hablar de esas lágrimas –comentó él con ironía antes de resoplar cuando el móvil volvió a sonar.

–¿Tus hermanos? –preguntó ella.

–Y sus mujeres. Ari quiere saber si sigo vivo y Sakis quiere saber si puedo contratarte para que diseñes su próximo petrolero.

–¿Y sus mujeres? –preguntó ella entre risas.

–Quieren saber si pueden empezar a organizar nuestra boda –contestó él leyendo la pantalla.

Ella le arrebató el móvil, lo apagó y lo metió en el bolsillo trasero de él. Lo agarró de la cintura, se puso de puntillas y se acercó a su oreja.

–Les contestaremos a todos por la mañana. En este momento, quiero que me lleves al barco y me hagas el amor, me hagas tuya. ¿Te parece bien?

–Mejor que bien, mi ángel. Es lo que pienso hacer el resto de nuestras vidas.

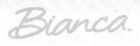

A aquel hombre no se le podía negar nada...

Para evitar que una amenaza dejara al descubierto su mayor secreto, el multimillonario Alessio Baldini necesitaba a la mejor. El nombre de Lesley Fox estaba en boca de todos y él muy pronto comprobó por qué. Tan desafiante como atractiva, ella era capaz de mantenerse firme frente a cualquier cosa.

Tras ver el modo en el que él vivía, Lesley comprobó que Alessio distaba mucho de ser la clase de hombre que ella buscaba. Sin embargo, por mucho que se esforzaba en sentir antipatía hacia él, no podía evitar que el pulso se le acelerara o que su cuerpo anhelara el contacto cuando Alessio estaba cerca... Ceder a aquella necesidad podía resultar muy peligroso... y el peligro siempre tenía sus consecuencias.

Rendición peligrosa

Cathy Williams

SABOR A TENTACIÓN

CAT SCHIELD

A Harper Fontaine solo le intere-
saba una cosa en la vida: dirigir
el imperio hotelero de su familia,
y no estaba dispuesta a que
Ashton Croft, el famoso cocinero, estropeara la inauguración
del nuevo restaurante de su hotel de Las Vegas. Conseguir que
el aventurero cocinero cumpliera con sus obligaciones ya era
difícil, pero apagar la llama de la
incontrolable pasión que les
consumía acabó resultando imposible.

Aunque Ashton había recorrido todo el mundo, nunca había conocido a una mujer tan deliciosa como Harper. Y lo
que sucedía en Las Vegas se quedaba en Las Vegas…

¿Estaba incluido el amor en el menú?

¡YA EN TU PUNTO DE VENTA!

Gabriel D'Angelo: célebre y despiadado…

La artista Bryn Jones nunca había llegado a perdonar a Gabriel por haber enviado a su padre a la cárcel haciendo que su familia se desmoronara. Pero se había forjado una nueva identidad alejada del escándalo y la deshonra… ¡hasta que consiguió la oportunidad de exponer en la prestigiosa galería londinense de D'Angelo! El magnate internacional Gabriel D'Angelo no podía olvidar la mirada implacable que le habían dirigido una vez desde el otro lado de la sala de un tribunal. Ahora la tentadora Bryn había vuelto pero, en esta ocasión, jugaría según las reglas que marcara él si quería lograr lo que anhelaba. ¡Porque Gabriel estaba decidido a que el pacto resultara mutuamente placentero!

Un trato con el enemigo

Carole Mortimer